目次

山　師

「おーい、山本《やまもと》。もうここらでいいぞ！」

「そうかいなあ？　あまり上に行くと危ないし、下ろすんが大変になるしなあー。よし監督、ここら辺りで始めるかい？」

　山の中腹に十数人の男が群がり、ある作業を始めようとしていた。束ねたロープ、ナタ、ノコギリといった伐採道具を携えている。頭を白い手拭《てぬぐ》いで覆い、上下は灰色の作業着で、地下足袋《じかたび》を穿いている。みんながみんな同じ出で立ちで、同じ職場の者たちであることがひと目でわかる。

　私の名前は、「吉村元兵衛《よしむらもとべえ》」、明治三十一年生まれであるから、今年の六月で四十八歳になる。今、登っている山のすぐ隣の石灰山で採石の仕事をしており、一応そこの現場監督をさせてもらっている。

　ここは、和歌山県の「戸津井《とつい》」という小さな漁村。その漁港の背にそびえる石灰山が私の職場である。

　周りの連中は私の部下たちである。普段、彼らはとても陽気で、仕事はきついが彼らの言動に私はいつも心が癒《いや》されている。

石灰山の裾《すそ》に洞窟の入口がある。その入口は、十年ほど前に突然私たちの前に現れ、一度だけ仕事仲間全員でその中に入ったことがあったのであるが、そこには、それはそれは綺麗な石が天井から垂れ下がり、何の物やら窺《うかが》い知れぬ素晴らしい眺めが形作られていた。私たちは、この眺めに酔いしれ、自分たちの宝物にしようと語り合った。

しかし、ある理由から洞窟の入口を塞ぐ時がやってきた。自分たちも洞窟の中に入れなくなるという犠牲を払い、泣く泣く宝物を洞窟の奥深く封印する決断をした。仕事場の経営者に今日から三日間の休みを貰い、その間に大木で囲いを作りそれで洞窟の入口を塞ぐことにしたのである……。


大正から昭和の中期にかけて、ひたすら石灰石を採り続けた者たちがいた。当時、彼らは「山師《やまし》」と呼ばれ、それは屈強で勇敢な男の呼び名でもあった。

日々、石灰山の麓に集い、暑さ寒さをものともせずごく平然と陽が暮れるまで白石と戯《たわむ》れる。光に溶けた額の汗が、ひたむきな男たちの滾《たぎ》る力と誇りを映し出す。

これは、そんな白い山に身を置いたある山師の半生。そしてその子孫に託した願い。百年の時を超え、今語る一人の男の生涯を、残された子孫と白い山が紡ぐ叙情《じょじょう》の奏である。

少し昔の物語

駐車場のはずれから、遠く水平線を見晴るかす。ヒヨドリの鳴く声に振り返り、おまえは何処《どこ》で歌うかと緑の茂みに目を凝らす。

春うらら、頬を撫でたそよ風が、辺りの草木をひっそり揺らした……。

「戸津井鍾乳洞」の看板の下を通り抜け、管理棟の窓口で入場料金を支払うと、管理人はガラス越しの笑顔で、入場券の半券とパンフレットを料金皿の上に置いてくれた。

洞窟の入口の前で、二つ折りになっているパンフレットを開いてみた。

左側のページには、「歴史のロマン」の見出しから、「二億五千年前のペルム紀の洞窟」の書き出しで、氷柱《つらら》状の鍾乳石が形作られる自然の原理やその年月などが紹介されており、最後は括弧《かっこ》書きで、「夏は涼しく冬は暖かい」と終わっている。

右側のページには、洞窟内の案内地図がイラスト風に描かれており、しばらくその場で念入りに地図を確認してみる。

洞窟内のいくつかの地点に名前が付けられており、それが観光者の高揚感を高める一つの手法となっていることは間違いなさそうである。「石柱の間」「針天井の間」「影観音の間」「白蠟の滝」「飛燕」「昇り龍」というように（名付け親は誰？　どんな意味があるの？）。

洞窟内に入ってみると、人一人通るのがやっとの狭い通路は、概ねセメント舗装されているが、舗装されていない通路両側の端が舗装面より若干低く、そこには白っぽい小石が敷かれている。頭上に壁にとよそ見するため、すでに私は、三度はその石ころの中に片足を落としてしまっている。

地上面以外はあまり人の手が加えられていないようで、洞窟たる灰色や薄黄土色の岩々が、まるで通路を遮るかのように上から横からと突き出している。そして、そこらを通過する時は、たいてい「うっ！、よっ！」といった息み声が無意識に漏れる。腰を屈めたり、体を斜めに傾けたりと、まさに以前テレビで視聴した探検風景が思い浮かんできた。

しばらく進み、ようやく氷柱状の鍾乳石が頭上に現れ始めたと思ったものの、それらはお世辞にも長く立派なものとは言い難く、数的にも少ないように思った（「大きなお世話だ！」と、洞窟さんやこの洞窟を運営している関係者さんに言われるかもしれないが）。

洞窟の中に入った瞬間、「暖かい！」という感じしたが、そんな心地よい暖かな感覚は、まもなく消されてしまうことになった。洞窟内のいたるところから雨水が垂れ、たいそう身体が濡れてしまったからである。昨日、日暮れから夜半まで降り続いた雨の影響だろうか、翌日の午後だというのにまだ勢いよく雨水が落ちている。特に本線の通路から狭い脇道に入る辺りが決まってただ漏れ状態であり、そこを通り抜ける際、一瞬、身構え逡巡《しゅんじゅん》してしまう。

私がこの洞窟に入ったのは今回が二度目である。最初に入ったのは、この洞窟が町の観光スポットとしてオープンした数年後、当時小学生と保育園児だった私の二人の娘と一緒に入ったことがあった。

この鍾乳洞の周辺に私の土地がある。もっとも、その当時は十数年前に亡くなった私の父親名義の土地であったのであるが、その土地内のまさに鍾乳洞管理棟のすぐ横の建物で、私の母が土産品の販売をしており、たまに私の子供たちが遊びに来ることがあった（というより、私が子守がてらに連れてきたと言ったほうが正解であるのだが）。

土産物店で店番をしていた母が、「鍾乳洞の中は涼しいから入って涼んできたらどう？」と言った時、ふと、「子供たちが涼しいことにびっくりするかも？」という思いが持ち上がり、三人で洞窟探検を決行したのである。季節は真夏、小学校が夏休みになって間もない七月下旬であった。

しかしその時は、子供たちの子守が目的だったため、入口から数メートル行った辺りに少し広い空間を見つけ、そこいらで数分間過ごした後、鍾乳石らしきものをひと目見ることもなく退散したのであった。なにせ、妹のほうは三歳か四歳だったからである。娘たちは、「涼しい、涼しい」と、互いに言い聞かせるように連呼しながらはしゃいでいた。

それから二十数年後、再び私は、静かなる洞窟内に今度は一人で足を踏み入れたわけである。

ただ、今回はただの観光者として来たのでない。以前に見そびれた鍾乳石を見たいとやって来たわけでもない。

今から九十年近く前、初めてこの洞窟の中に入ってきた連中、その中に私の祖父がいた。祖父たちがどんな思いを抱き、真っ暗であったろうこの洞窟に入ってきたのか。そして、その中で見た光景に何を思ったのか。

私の祖父にとっての思い出の地。人生の一幕を飾った場所。その場所でしばらくの間、祖父との思い出を回想してみるつもりである。

分かれ道が来る度に、そこに取り付けられている道標と両手に広げて持っているパンフレットの案内地図を照らし合わせてみる。

「此処かもしれないな？　うん、たぶん此処だろう」

木製の道標に「針天井の間」と書かれ、右側を指している矢印。「よし、間違いない！」と、二度三度頷く。行く手には最後の関門であるかの如く、滝のようにこぼれ落ちている雨水。それを反射的に片手で振り払う仕草をしながら少し速足で、その「間」に足を踏み入れた。

針天井の間、母から何度か聞いたことがあった。祖父とその仲間たちが初めて洞窟に入り、畳八畳ほどの広間にみんなで座り、ロウソクの明かりを照らして眺めた天井から垂れ下がっているいくつもの鍾乳石。まさにここが、その場所であることを確信したのである。

広間の壁際、背中を壁に預けて座り、天井を見上げてみた。座った時に気が付いたズボンの後ろポケットに入れていた小さな懐中電灯、しかしそれを使うまでもない。照明により鍾乳石が鮮やかに浮かんで見えている。

「これかー」と独り言。

「ロウソクの明かりならどんなに見えるのか？」

地面は濡れている。いや、水が溜まっている。「お尻が冷たい」と感じたが、ここまで着衣は十二分に濡れており、今更ながらといったテンションで、どっぷりと胡坐《あぐら》をかいた。

私の祖父は、私が十歳の頃に亡くなった。どちらかといえばお婆ちゃん子だった私としては、あまり祖父との思い出がない。しかし、そんななかにも鮮明に蘇ってくるいくつかの場面が訪れた。

まずは、私がほんとに幼い頃、祖父が働いていた精米場に行った時の思い出

壁と天井に包まれた細く真っ暗な精米場に繋がっていた道。私はその道を勇気を振り絞って進んで行った。僅か十メートル余りの道のりを何度も泣きそうになりながら、「本当にこの先にお爺《じい》ちゃんはいるの？　もしいなかったらどうしよう」と思いながら。

やっと、前方に少し明るさが確認でき、さらに進むと、電気で明々と照らし出されている広々とした空間が目の前に広がった。そして、その中央にこちらを背にして祖父が立っていたのであった。

思わず私は、「お爺ちゃーん」と、ありったけの声で叫んだ。

「達也《たつや》、一人で来たんか？　よう一人で来れたなあー」と笑顔を浮かべる祖父。

私は一目散に祖父のもとに走り寄り、その胸に飛び込んだ。恐怖心から解き放された私は、祖父の胸の中で大声で泣いていた。今でも、その時の私の感情と祖父の温もりが心の片隅に宿っている。

二つめは、祖父の晩年、腰が曲がり歩く姿が痛々しかった場面。

片手を家の壁に添えながら歩いている姿。そのすぐ傍《かたわ》らで両手を腰の高さに広げ、心配そうに見守っている祖母。いつよろめいてもすぐに介添えできる体勢で寄り添っていた。

そして最後、その三つめは、祖父が病床に伏せていた時。仏間で布団に寝かされていた時のことである。

後になってわかったことだが、その頃の祖父は、不治の病の終末期であり、少し前まで病院に入院していたが、最後は自宅での療養となり、自力で起き上がることも、一人で食事を摂ることもできない容態のようであった。

ある日、私は友達と遊ぶ約束をしており、自宅から出かけようとしていると、「達也、加納《かのう》さんとこに行って、これと同じ薬を貰ってきてくれんか？」と用事を頼まれた。加納さんとは、家から歩いて数分にある診療所のお医者さんであった。

私の両親や祖母は留守であり、家には祖父と私だけであったのであるが、この時はどうしてか、「せっかく今から遊びに行こうと思っていたのに、面倒くさいなあ」と思い、「よう行かんよー」と、無下に断ってしまったのである。

祖父の初めての頼み事。その数日後に祖父は亡くなってしまった。

私は、両親や祖母の手伝いなどそれまで一度として断ったことがなかった。「まあ、いいか」と、必ず思ってしまうのである。それなのに、どうしてなのか。

祖父の告別式もいよいよ終わりに近づき、数人の男性が遺体を棺桶に移そうとしていた時、畳に座っていた祖母がおもむろに立ち上がり、男性たちの隙間を掻き分けるようにして祖父の遺体に近づいた。そして、「爺《じい》やん、死んだんかい？　爺やーん！」と、人目を憚《はばか》らず大声で泣き崩れてしまった。

その様子を少し離れた場所で見ていた私。思わず目頭が熱くなり、顔が歪《ゆが》み、涙がこぼれ落ちそうになっていた。それでもそれを、幼心にも誰かに気づかれまいと必死に堪えていた。だが、とうとう堰《せき》を切ったように涙が頬を伝い流れ、「なんで、なんであの日、薬を貰いに行ってあげなかったんや。お爺ちゃんの最初で最後の頼みだったんやぞ！　ごめんな、お爺ちゃん」

その日以来私は、この薬の件を二人だけの秘密にするしかなかったのである。

祖父の法事の度、祖父の話が出る度に、薬のことが頭をよぎった。だが、それを今まで誰にも話したことがない。遠い昔の祖父とのほろ苦い思い出、二人の秘密。

「祖父は今でもその時のことを覚えているのであろうか？　……」

祖父に問いかけてみる。

「私はあなたにとって、どんな存在だったのか？」

「私はあなたに、何かしてあげたことがあったのか？」

目を閉じた静けさの中、雨水が地に落ちる音だけ聞こえている。

祖父たちの様子を想像してみた。みんなが口を半開きにしながら、「ポカン」とした表情で天井を眺めている。

「洞窟さん！　あなたは、初めてここに来た人たちのことを覚えていますか？　私のお爺ちゃんのことを覚えていますか？」

洞窟からの返事を待っているかのように、しばらく五感を研ぎ澄まそうとする。

どうやら、返事がない。

「洞窟に生命はあるのだろうか？　洞窟に感情ってあるのだろうか？」と、馬鹿げたことを自分に問いかけてみる。

「お爺ちゃん、ここに来た時、本当にびっくりしたでしょう。今も素晴らしい眺めだよ。お爺ちゃん孝行できなくて、ごめんなさい」そう心で呟き、祖父が生きた時代に思いを馳せる。

私が中学生だった頃に初めて耳にした鍾乳洞という言葉。それから五十年余りの間に母や祖母から聞かされた細切れの記憶。そして、数年前から私の母が、何とか後世に残したいと書き続けている祖父や鍾乳洞に関する記述を道案内とし、これから祖父の生涯をたどってみる。戸津井鍾乳洞の過去を紐解《ひもと》いてみる。母の思いを認《したた》めてみる。

白珀石の四重奏、それは少し昔の風景から始まる。

出廬

大正十四年、七月上旬のこと。

「番頭ー、おーい元《もと》!」と、私を呼ぶ声が襖越しに聞こえてきた。声の主は、私の雇い主で、「島崎工業《しまざき》」の島崎社長である。

私は、「吉村元兵衛」、つい半月ほど前に二十八歳になった。島崎工業という所でそこの番頭をさせてもらっている。ここには十三歳の時からお世話になっており、二十五歳の時に今の番頭という役どころを与えられた。

独身の頃は、島崎社長の屋敷に住み込みで働かせてもらっていたが、昨年の結婚を機に、今は自宅のある「衣奈村《えな》」という村からここ島崎工業のある「広村《ひろ》」まで、山道を一時間ほど歩いて通っている。

島崎工業は、主に山林内や海岸沿いの道作りをしており、それ以外に大工や左官、石垣作りやその解体、時には、荷物の配達などもやっており、俗に言う「何でも屋」である。

しかし私は、そういった外での力仕事には今日まで一度も携わったことがなく、もっぱら部屋の中でソロバンを弾いている。毎日毎日、三畳の間で、今は二十歳前の二人の見習いと机を向かい合わせて並べ、お金の計算をしている。

「おーい、番頭」と、部屋のすぐ前で呼ぶ声に、「はーい」と返事をすると同時に社長が襖を開けて部屋に入ってきた。

「番頭、来週から戸津井の採石場に行ってくれ。そんで、そこの現場監督をやってくれ！」

「えっ？」

「川添《かわぞえ》さんにみっちり仕込んでもらえ！」

社長は怒鳴りつけるような物言いであり、それは今日に限ったことではない。唐突な社長の話に、私はただおじおじと、社長が話し終えるまで待つしかなかった。

社長は、採石業を始めるようになった事の次第や仕事の内容など、矢継ぎ早に話し続けたが、私は現場監督という言葉に戦々恐々とした思いで、途中から社長の言葉があまり耳に入ってこなかった。

「どうや、わかったか！」

「……」

「おい、わかったんか？」

「はぁー」と、それが私の唯一の返事であった。

社長は大きな足音をたてながら部屋から出て行った。それを追うように立ち上がったものの、その時はその場に立ち竦《すく》むだけの私であった。

「明日から外で採石の仕事をしろ？　現場監督をやれと？」信じられない命令であった。

私は、今の島崎工業に来るまでは、実家の野良仕事などの手伝いをしていた。しかし、こちらで働き始めてからは、一度も外で仕事をしたことがない。もっと言えば、仕事でソロバンより重い物を持ったことがなかったのである。

困り果てた表情で呆然と立ち尽くす私。同じ部屋にいた二人の見習いは、不安そうな面持ちで私の方を覗いていたが、私には、そんな彼らに掛ける言葉も見つからなかった。

社長の命令には抗《あらが》えない。まして、今日まで本当にお世話になっている。今では番頭という肩書を頂き、信頼も得ていると自負している。社長の話し方はぶっきらぼうで、初めての人は叱られているのかと思ってしまうこともあるが、時折、優しさが垣間見えることもあり、そういった意味では尊敬している部分も私にはあった。

ある程度気持ちの整理がついたので、社長の部屋に行くことにした。

社長の部屋の前で、「番頭です、元兵衛です」と声を掛けてみる。

「おー、元《もと》か、まあ、入ってくれ」

襖を静かに開け、部屋の入口で軽く頭を下げた。社長は自分の机の椅子に座り、その傍らに社長の奥さんが立っていた。奥さんは、私に笑顔で軽く会釈してくれた。

「そろそろ来るかと思ってたんや」と社長。

「さっきは悪かったなあ。若いもんもいたし、ちょっと乱暴な言い方をしてすまなんだ」

それから社長は、仕事を始める理由やその内容やらを私に話し始めた。採石業をしていた人からその石灰山を丸ごと買い取り、もともとそこで働いていた十数人の人夫たちもそのまま社長が引き受けることになったという。

「お互い腹を割って話ができた」と、私は若輩《じゃくはい》でありながらもそう感じた。

「お前が適任や。この仕事は少々危険やから、安心して任せられるんはお前以外におらん。お前は人に対して思いやりがあり、きっと仲良く、そしてみんなを守ってくれる」

社長の眼つきが本心であることを物語っていた。いつも近くで小言を言われる。しかし、肝心な話になると眼つきが変わり、物静かな口調になることを私は知っていた。

「社長、わしにできるかのー？」

「お前にしかできん！」

しばらくの沈黙のあと、「社長、わし、頑張ってやってみるよ。社長さんのためにも頑張ってみるよ！」

私の目は潤んでいた。熱い思いが心の底から込み上げてきた。

「なにも、初めから監督らしい仕事をしろと言ってるわけやない。お前は素人やから、ぼちぼち覚えていったらええんや。一年後には川添《かわぞえ》という今の現場責任者が大阪《おおさか》に帰ってしまう。それまでにその人からみっちりと仕込んでもらってくれ。他の連中はみんな慣れてるんで心配ない」と、穏やかに社長が言った。優しさの溢《あふ》れた口調であった。

「元やん、世話掛けてすまんなあー、体に気を付けてなあー」と、奥さんが言ってくれた

その傍らで二度三度と頷いていた社長。

「おおきにです。社長さん、奥さん」最後にそう言って私は部屋を出た。

社長の部屋から自分の部屋に戻っていると、ふと中庭の植木に足が止まった。普段であれば、社長の部屋に行く時は何を言われるかと考え、帰りは帰りで小言を散々言われ、憔悴《しょうすい》しきって自分の部屋に戻るのが定番であり、じっくり植木を眺めたことなどほとんどなかった。今日でこの屋敷と別れることとなった今にして、妙にその植木たちが優しくそして愛しく見えてきたのであった。

改めてよくよく見れば、たいそう広い庭である。中庭から途切れることなく表の庭

まで続いている。鯉の泳ぐ大きな堀、その横で、水が流れ落ちた後に跳ね上がり「コン」と音を立てる鹿威《ししおど》し。そしてそれらを取り囲むように埋め込まれた大きな丸い石。私の実家の何倍もあろう広い敷地内で、その半分以上を庭が占めている。

植木に目をやると、今は花が枯れ落ちた紫陽花《あじさい》は、少し前まで白や青の花びらが所狭しと咲き渡り、秋になると空を焦がすほど真っ赤に染まる紅葉と、甘く香ばしい香りを漂わす金木犀《きんもくせい》。三本の大きな松は年中緑が濃く、濃いゆえに他の植木を引き立てる。

その他にも名前の知らない植木が数多くあり、前栽《せんざい》というよりもむしろ庭園と呼んだほうが良いのかもしれない。普段なにげなく通り過ぎていたその時々の花や樹木の輝き、四季折々の風物詩がすぐ身近にあったことに今更ながら気づかされたのである。

「今日でこの屋敷ともお別れや。お前たちはこの先何年もここで生え続けるんやな」と、最後の最後に心を癒してくれた植物たちに私は語りかけたのであった。

自分の仕事部屋に戻ると、二人の見習いが同時に私を見て、「番頭さん」と声を掛けてきた。私は、「先ほどのとおりや」と返し、事の一部始終を二人に話した。

「もっと、お前たちに教えてやりたかったこともあったんやが。いや、お前たち二人とももう一人前や。わしがいなくなっても十分やっていける」

「番頭さん、わしら二人寄っても番頭さんの足元にも及ばんよー」と、一人の見習い。

「お前たちとは二年足らずの付き合いやったが、わしはお前たちを弟のように思ってたんや。今日帰るまで、気がついたこと全部紙に書いておくから、わからんことあったらそれ見てくれよ」

それから私は、まだ二人に教えていなかったことを片っ端から書き出した。一番教えたかったことは、仕事の内容よりも社長の扱い方であった。これについては少し冗談を交えながら、面白おかしく書き置いた。

その日の夕刻、自分の荷物の整理を終え、いよいよこの部屋と別れを告げる。新しい仕事場に行くのは三日後、それまでの二日間は休みを貰ってる。

社長の屋敷を出る時、奥さんと二人の見習いが玄関先で見送ってくれた。

「番頭さーん」と、一人の見習い。

「番頭さーん」と、もう一人の見習い。

「今生《こんじょう》の別れでもあるまいに、そんな悲しい顔せんといてくれ！　おまえたち達者で頑張れよ！」と、私。

奥さんは、穏やかな表情でその光景を眺めていたのであった。

さあ、来週からは山仕事の始まりである。自宅に帰るまでの道中、いろいろ思いが駆け巡る。私にできるのかと何度も自分に問いかけてみる。体力は勿論だが、仕事仲間との関係が一番気がかりなのである。

妻の夏枝《なつえ》に話さなければならない。家を出る時刻も出かける方向も違ってくる。しかし、それらのことはなんとか口実もつけられようが、顔やらが日焼けして二、三日もすれば正体がばれてしまうであろう。

その日の晩飯がすんだ後、仕事が変わったことを妻に切り出した。

「ほんまかいなあ、あんたにそんなことできるんか？」と、妻は当然のごとく目を丸くして驚き、そして矢継ぎ早にキーキー声で捲《まく》し立てた。

「もうすぐ子供生まれるのに、何かあったらどうすんの！」

妻は私が怪我をすることを気にしている。妻の心配は当然のことであり、怪我をして働けなくなれば、それだけ収入が減ってしまうからである。軽い怪我であればよいが、大怪我で働けなくなったり、死んでしまったりすることを危惧しているのである。

「そんなこと、お前に言われんでもわかってる！」と言うや否や、食べ終えた茶わんを土間に叩き付けた。大きな音とともに茶わんは粉々に割れ、妻は泣き出す。

「すまん！」と、心中で呟いたものの、そのままその場を立ち上がり、寝間に身を隠した。

台所から、「しくしく」と妻の泣き声が聞こえてくる。いつまでたっても聞こえてくる。

私の興奮も治まっていた。妻は私より六つ年下であるが、口だけは達者で口ではいつも言い込められてしまう。そういった時、ついつい私は物を投げてしまうのである。

妻がいる台所に行くと、妻は洗い物をしながら「しゅんしゅん」と鼻水をすすりあげながら泣いていた。

妻の背に、「わしが悪かった、堪《こら》えてくれ」と謝った。妻は振り返り、くしゃくしゃな顔でこう言った。

「まあ、しょうがないわ。来週にはあんたの船出がやって来るんや！　わしはあんたが怪我せんよう家で祈ってる。あんたも怪我のないようくれぐれも気を付けな」

「おー、わかってる」と、すべてが水に流れた気分であった。

新しい仕事の初日が来た。この先どんな未来が待っているのか、私の人生の大きな転機になることは間違いはない。十三歳を過ぎた頃から、とんと力仕事にご無沙汰しており、自分で自分を揶揄《やゆ》するならば、まるで隠居住まいから「のこのこ」表舞台に現れた「表六玉《ひょうろくだま》」である。

「表六玉でも何でもええ。いざ、出蘆《しゅつろ》！」と、私は自分自身を鼓舞して家を出たのであった……。

新しい仕事場は、戸津井という山一つ越えた隣の村で、私の住んでいる衣奈村からは、「戸津井坂《とついざか》」という山道が付いている。島崎工業のある広村に行くよりは、かなり短い時間で着く目論見であったが、明るくなれば仕事を始めるらしいので、まだ薄暗い四時半頃に家を出た。白い山が目印と聞いていたので、途中でそれらしきものを目にした時には思わず武者震いした。

　白い山の麓に着くと、その山のすそ野には十丈《じゅうじょう》（一丈は約三メートル）四方はあろう平地が広がっており、あちらこちらに大八車《だいはちぐるま》と一輪車がぞんざいに置かれていた。懐中時計を見てみると五時を少し過ぎていた。

　海寄りの角にぽつんと一つの建物が立っている。事務所のようなものかと開いている入口からそっと中を覗くと、一人の男がこちらを背にして机で帳面のような物を見ていた。

「おはようございます」と声を掛けると、その人は一瞬びっくりしたような仕草で振り向き、しばらく私を上から下まで舐めまわすように見定め、「いやいや、番頭さんかい？」と、笑顔でそう言った。

「はい、今日からお世話になります。吉村元兵衛といいます」と、私は頭を下げた。

「背が高いですなあ、いやいや、いい体格をしてはりますなあー」

「はー」

「いやいや、これは失礼しました。私は川添と申します。一応ここが事務所になっていて、出勤状況やら採石量やらを帳面に付けております。あんたはんのことは島崎さんからよーく聞いてますさかいな。いややいや、大船に乗ったつもりで私に任せてくれなはれ」と、大阪辺りの方言で悠長に話を続けた。それと口癖だろうか「いややいや」という言葉をよく使う人だと、それがどうにも気になった。

「あんたはんには一からすべて教えさせて貰うさかいなー」

「え、えー」

「私はきつおまっせー。いややいや、なにせあんたは現場監督としてみんなを食わしていかにゃならんからねぇー」

「川添さん、そのことでお願いがあるんですけど……。

実は、私はずぶの素人なもんで、みんなには現場監督のことを内緒にしといてもらえんやろか？　当分は、ただの新前として扱ってもらえんやろか？」

「そうやなー、そのほうがあんたもやり易いかもしれまへん。へー、それでいきまっか！　いややいや、なー」

昨晩、寝床で色々と考えた。何も知らない何もできない私が、最初から監督という立場でみんなと接するとなれば、きっと不満が出るに違いない。勿論、私は監督という肩書を振りまく気持ちなど毛頭ないのであるが、周囲が気を使い、時には妬《ねた》まれることにもなりかねない。一番の下っ端として精一杯仕事をすることで、みんなの仲間入りができようものではないか。みんなから認めてもらえてこそ、初めて監督としてやっていけるのではないかと、自分の度量を鑑《かんが》みた時、そんな答えにたどり着いた次第であった。

その後、川添さんから仕事の内容を教えてもらった。

セメントの材料となる石灰石を目の前の石灰山から採石し、それを戸津井の港から船で大阪のセメント会社まで運ぶ。これが仕事の流れであった。

船での運搬は、大阪の会社が自分の持ち船で週に二度ほどやって来る。雨が多い週などは先方が採れる量を見計らい、週に一度のこともあるらしい。

我々の仕事は、目の前にそびえ立つ石灰山、この白い山から石灰岩をノミと玄能《げんのう》を使って砕き落とし、地上に落下したものを一旦は拳くらいの大きさまで砕く。そしてそれらをさらに細かくするための破砕機《はさいき》が据《す》えてある小屋まで少し小さめの大八車と一輪車で運ぶのである。破砕機の使用は定期的に川添さんが行っているようであるが、おいおい私に任せる予定だと言った。

大阪からの船が港に着くと、飴玉ほどになった石灰石を麻袋に詰め、それを肩に担いで港まで運ぶのである。

その後も、石灰岩の砕き方などこと細かく川添さんは話してくれていたが、一度に頭に入ってくるはずもなく、話の途中で、「一度見てみんと、どうにもわからんですわ」と、ついつい口に出してしまった。

「お、そうやなあ。いやいや、すまんすまん」と、片手を自分の顔の前で左右に振りながら川添さんが言った。

「とにかく、今日はみんなの仕事ぶりを見てみることですなー」

仕事は、明るくなったら始め、暗くなったら終わる。当然、陽が長い時期には働く時間が長くなり、陽が短い時期はその反対となる。休みの日は決まっておらず、雨の日は強制的に休みになる。裏を返せば、雨がなければ仕事は何日も続くことになるのである。

しばらくすると、ぞろぞろと男たちが集まってきた。川添さんが、事務所に入ってきた者にその都度私を紹介する。にこっと笑顔を見せる者もいれば、ちらっと見るだけの者もいた。

私は、川添さんに紹介される度に、「吉村といいます。今日からよろしく頼みます」と一礼する。そして最後に必ず、「何もわからんもんで」と付け添える。自信のなさから出てくる一言であった。

「おー、元やんやないか」と、見覚えのある顔が飛び込んできた。

「やー、坂本《さかもと》か?」

「元やんどうしたんや! ひょっとして、今日から来る人って元やんか?」

「今日からここで世話になることになったんや。坂本はここに来てたんか」

坂本は、私と同じ衣奈村に住んでいる二歳年下の男であり、小さい頃にはよく遊んだものであったが、私が島崎工業に勤め出してからは、私が十八歳の頃に一度会ったきりで、かれこれ十年は会っていなかった。

「わしのこと一目でようわかったなー」

「元やんみたいに背の高い男、ここらにおらんからなあー」

「地獄に仏」と言えば少し大げさかもしれないが、嬉しかった。少しほっとした。

坂本は、時々私のほうをちらちらと見ながら、仕事で使う道具を自分の棚から持ち揃え、笑顔で事務所から出て行った。

誰もかれも真っ黒に日焼けし、胸板が分厚く二の腕辺りがむっちりしている様が、服の上から見て取れる。一番印象深かったのは、節くれだった手の甲に数々の傷跡が刻まれていたことであった。

ここで仕事をする者は、私が加わったことで十六人となったらしい。川添さんは責任者で特別であるが、他の者たちの間には、年齢や経験年数などの上下関係がほとんどないようである。三十歳を過ぎている者は川添さんを含めて三人。他は二十代前半が大半で、十代の者が二人いるという。

「さあ、今日も全員揃いましたよ。吉村さん、我々も仕事を始めまっかー。あ、そうそう、服は着替えたほうがよろしいでっしゃろ」と川添さんは言い終え、数枚の作業着を事務所の角に置いていた箱の中から取り出して机の上に束ねて置いた。

「いやいや、吉村さんは大きいから、着れる服があるかいなあ?」

私は背は高いが、どちらかと言えば痩せていて非力である。そんな私は、小さい頃からよく「うどの大木」と言われたものであった。体は大きいがあまり使い道がないという意味なのであろう。私は、そのように言われることがとてもいやであったが、あながち違っていないようにも思え、そう言われた時に言い返したり態度に出したことは一度もなかった。

私は、幾つか置かれている服の中から一番大きそうなものを選び、それを着てみた。

「やはり、短い!」ズボンの腰は入ったが、ズボンの裾と地下足袋の間に向かう脛が少し見えている。上着もなんとか着られたが、裾も腕の袖も短く、肩の辺りがたいそう窮屈であった。「いやいや、だいぶ小さいですなあー、服作らんといかんですなあー」と、笑いを堪えているかのように川添さん。

「そうです。今日帰って近くの呉服屋で注文してきます」

「吉村さんはこの道具を使って下に落ちてきた石を砕いてくれまっか」と川添さんが言って、ノミと玄能を私に渡してくれた。渡されたそれらを手に持った途端、私はその重さにおののいた。「こんなに重い道具を使うのか」と、ずっしりと腕に重みが掛かった。何度も言うようだが、私はここ十五年近く、箸と茶わん、そして筆とソロバンしか持ったことがなかったのである。

川添さんと一緒に外に出てみると、すでにみんなが仕事を始めていた。あちらこちらから「カンカン」と石を砕く音が聞こえてくる。白い山には四本の縄梯子が垂らされ、その各縄梯子に一人ずつ登って玄能を叩いている。地上では、叩き落とされた岩を細かくする作業が行われており、私は川添さんと一緒にその輪の中に入って行った。

寸法の合っていない服を着ている私を見て一人が大笑いした。しだいにその笑いが周りに広がり、中には指をさしながら笑っている者もいた。

「新前さん、よう似合ってるなあー、あんまり笑わせんといてくれよなー」と、一人の男が言った。

「それで鳴り物でも持ったら、ちんどん屋やないか。いっそ、赤いべべ（着物）でも着たらどうやー」と、揶揄する者もいた。

私はちんどん屋のことはよくわからなかったが、作り笑いを浮かべながら、「そんなに面白いですかのー?」と、そう一言返すのがやっとであった。

大盛り上がりしていた私の服の話題は、あることでにわかに収まった。縄梯子に登っていた坂本がそれはそれは大きな声を張り上げて歌を歌い出したのである。坂本は、私がみんなにからかわれていることを見かね、自分に注意を向けようとしてくれたようであった。

坂本のその歌声につられ、地上で作業していた者たちも一斉にその歌を口ずさむ。尋常《じんじょう》小学校で誰もが歌った「故郷《ふるさと》」という唱歌《しょうか》が山の麓で合唱されたのであった。


七月上旬、梅雨時期であるが、雨の降る気配は微塵《みじん》もなくそれは暑かった。私は、川添さんのすぐ横で地上に転がっている白い岩をひたすら細かく砕いていく。

「監督さん、岩の砕き方にはコツがありましてな。木に節や年輪があるように岩にもそんなもんがあるんですわ。節の部分はなるべく避けて、ノミを波の模様の向きに当てて叩いてくれはりますか」と、岩砕きに四苦八苦している私を見かねて川添さんが声を掛けてくれた。川添さんに監督さんと呼ばれたことに、思わず私は片手の人差し指を口元で立て、「しー」と合図し、「吉村で」と小声で呟いた。

「ここですか？　こうですか？」と川添さんに尋ねた後、力を込めて玄能を下ろしてみる。すると、思いもかけず岩が勢いよく周囲に飛び散った。

「いやいや、お見事。しかし、今のは少し力の入れ過ぎですかいな」

午前中に一度休憩をとった。みんなで水をしこたま飲んだ。水は冷たく、何とも美味しかった。川添さんが休憩の時間を見計らい、近くの谷川から汲《く》んできてくれたようである。

昼の休憩にも先ほどの水がみんなに振る舞われた。美味しい、本当に「命の源、魔法の飲み物」と言うしかない。

　飯も美味しかった。食べ始める前にはそれほど空腹感がなかったが、一口、二口食べ始めると、どんどん食欲が増してきた。今日は新しい仕事の初日とあって妻が奮発してくれている。にぎり飯の他に私の大好物である切り干し大根の煮物が付いていた。しかもその中に海藻のヒジキが入っていた。

　身体を動かした後の飯は本当に美味しい。汗を掻いた後の水は本当に美味しい。改めてそう実感した私であった。

　陽が長いせいか、昼飯を食べてからはとても長かった。二度の休憩があり、その度に水を大量に補給した。川添さんの「終わりましょうか」の掛け声で仕事が終了した。辺りは薄暗くなっていた。

　事務所に戻り着替えやらの帰り支度をしていると、何人かから声を掛けられた。「新前さん、ご苦労さん。よう頑張ったんで疲れたやろなあー」と労いの言葉が多かった。話し掛けてこない者たちもその表情は、朝初めて顔を突き合わせた時とは明らかに違っていた。体裁《ていさい》でない本心から出てくる笑顔を私に見せてくれていたようである。

　午後からは長く感じたこともあったが、一日仕事を終えてみれば、あっという間に過ぎたようにも感じた。

仕事中には特に感じなかった疲労感が、今どっと押し寄せてきたようであり、一歩きごとに足腰が重苦しく痛む。そして、何度も玄能で叩いてしまった左手の親指。その付け根辺りは紫色に腫れあがり、爪の中に薄っすらと血が滲《にじ》んでいた。すっかり陽が暮れた細い山道を手探り足探りしながら歩き、家に戻ったのは八時半頃であった。

玄関で、「ただいま」と声を掛けると、すぐに妻の夏枝が大きな腹に両手を添えながらぎこちない足取りで玄関までやって来た。この秋に私の第一子が生まれる予定である。

「おかえりよ、上手にいけたんかいなあ？」

「おー、上手にできたで」と私が返し、玄関での会話はそれで終わった。互いに照れ笑いを浮かべ、軽く手を握りながら台所まで続く土間をゆっくりと歩き、そして台所の椅子に向かい合って座った。

「しかし、今日の昼飯は最高にうまかったなー」

「晩飯は鯵《あじ》の煮つけ用意しといたで」

「なんとなあー、何がどうなったら鯵になるんかいなあ？」鯵の煮つけなど結婚の日以来食べたことがなかったのである。

「今日の朝、高瀬《たかせ》さんとこで頼んどいたんや。しょぼくれた顔して帰ってきたら、元気出したろと思ってな。あんたの喜ぶ顔が見たいと思ってな」

「へー、そうかそうか」

「どうやら、取りこし苦労だったようやな」と、夏枝は満面の笑みを浮かべながら私の表情を窺っている。

「ご明察通りや。みんないい人みたいで良かった。うん、実に楽しかった」

「楽しかったってー？」と、ひと際甲高い声で夏枝が言って私を見直す。

「楽しい？　そんなこと有りか？」と、夏枝は目を丸くしながら私の返事を待っている。

私は、鳩が豆鉄砲を食らったような顔をしている夏枝を見ていて、いまにも吹き出しそうになっていた。しかし、その感情をぐっと抑え、「有りや。まあ、そうゆうこっちゃ」と、ぼそぼそと言った。

「ハッハッハー、何照れてんの。嬉しそうな顔してからにー」と大声で夏枝が笑う。

「少し大げさだったか」と思った。今日一日仕事をやり終え、「何とかなるな」という安堵感。加えて夏枝の思いやりに対するお礼。「安心させてやりたい」という気持ちから、ついついそんな言葉が出たのであった。

酔いしれて

山仕事が五日、十日と続き、気が付けば、はや三週間が過ぎていた。どうやら今年は空梅雨だったようで、雨で仕事が休みになったのは三日間だけで、私の体には相当な疲れが溜まっていた。

先日の大雨で梅雨も明けた模様であり、これから夏本番がやってくる。私の顔はこの三週間で真っ黒になり、生傷だらけの両手も少しは逞《たくま》しくなったようである。

月が変わった八月、この日も川添さんを除けば私が一番乗りで事務所にやってきた。私が事務所内で服を着替えていると、三人の仕事仲間が事務所に入ってきて、その中の一人が私に向かって「監督さん！」と言ったのである。私はどうにも不可解で、椅子に座っている川添さんの方を二度三度とちらちら見ながらも無言を貫いた。

「監督さん、今日もよろしく頼みます」と、さらに違う一人が監督という言葉を口にする。

「えっ？」と、私は小首を傾げながら自分の顔方向に人差し指を翳《かざ》して「私のこと？」というような仕草を作ったままで、彼からの次の言葉を待っている。

「いやいや、吉村さん。今日からは現場監督ということでお願いします」と、横から川添さんの声が聞こえた。

「どういうことですかいの？」

「いやいや実はねえ、吉村さん」

　そして、川添さんは事の成り行きを話し始めた。

「吉村さん、あなたが監督さんになることは、みんな最初から知っていたんですわ」

「えっ？」

　川添さんの話によると、私がここに来る前日に島崎社長がやって来て、私を現場監督としてここによこすという話があったらしい。そのことをみんなに話したところ、少なからず反発があったようである。川添さんはみんなの気持ちを宥《なだ》めるための苦肉の策として、当分は私を新前扱いし、人柄や仕事ぶりやらを確かめたうえで、監督として迎えるかどうかの判断をみんなでするということになっていたというのである。

「吉村さん、あんたが初めてここに来た時、あんたのほうからこの話があり、いややや、私は内心ほっとしたんですわ。みんなにもあんたのほうから監督のことを内緒にしてほしいと言われたことを伝えております。みんなは、それなら話が早いと言ってはりましたよ」

「はい……」

「当初は二カ月間か三カ月間の予定でしててんけど、ここ二、三日前からあんたなら文句ないという声が多く聞こえておりました。実は昨日あんたが帰った後、みんな一旦帰ったふりをしてまた戻ってきたんですわ。それからみんなで話し合ったところ、いやいや、大分早くなりましたが、月が変わった今日から正式に監督として迎えることにさせて貰ったんですなー」

「そうだったんですか、恐縮です」

「もしあんたが、みんなの意にそぐわない人物であったら、私はどうしようかと思っておりました。島崎社長に頭を下げてあなたを断るか、それがだめならどうやってみんなを宥《なだ》めるかと、いやいや、最初の一週間ほどは毎日気が休まりまへんでした」と、少しせり上がり気味だった両肩を「フゥー」と息を吐き出すことで元の位置に戻した川添さんであった。

「あんたの評判はいいですわ。仕事ぶりもそうやが、いやいや、何といっても人柄をみんな褒《ほ》めております。あの人ならわしら何も言うことないとみんなが言ってはりました。私もこの一月近く、あんたと一緒に仕事をさせてもらいましたが、思いはみんなと同じです。猫を被っているのかそうでないのか、答えは勿論後者です。いやいや、万事お見通しといったとこですかなー」

「おおきに、有難うございます。いくら褒めてもらっても何も取り柄がないですし、期待に応えていける自信もありません。でも、みんながそんなに言ってくれているんやったら、今日から現場監督として頑張ってみたいと思います」

　話が一段落し、川添さんと一緒に外に出てみると、みんなが出口付近に輪になって私たちを待ち構えていた。

「よっ、新監督！」

「吉村監督の誕生やで」などと一斉に声が掛かり、みんなが拍手をしてくれた。

「よーし、万歳三唱やなー」と誰かが言った。

「寺脇《てらわき》さん音頭とってくれるかい？」

「おまかせあれー、せーのー、バンザーイ、バンザーイ、バンザーイ」と寺脇さん。二度目の万歳から他の者も両手を挙げながらバンザーイと叫ぶ。みんなの笑顔、宙に飛び跳ねる者もいる。三回どころかもう十回以上も万歳が続いている。万歳と拍手が鳴りやまぬ中、私は一人一人のその前に近づき、彼らと強い握手を交わし、頭を深く深く下げたのであった。

　感情が高ぶり目頭が熱くなっていた。何の取り柄もない私が、少なくとも今この場所で、人として、男として認められたという実感に酔いしれていたのである……。

人知れず友

ある日の仕事が終わった後、同じ衣奈村から来ている坂本が私に声を掛けてきた。

「元やん、いや監督」

「元やんでええで」

「元やんは戸津井坂来てるんか？」

戸津井坂とは、私が家から仕事場に来るのにいつも通っている山道のことであり、自分の村から違う村に行く時は必ず山越えになる。

「そうやけど？　そういえば坂本と一度も一緒になったことなかったなあ」

「やっぱりそうか！　わしも怪訝《けげん》に思ってたんやがな」

朝は、誰よりも早く仕事場に着こうとできるだけ早く家を出ていた。帰りは、人より先に帰ることがどうにも気が引けて、何をするわけでもなくわざと最後に帰っていた。同じ衣奈村から仕事場に通っている坂本と、行き帰りの道中で一緒にならないことが、私としてはそれほど不思議ではなかった。

「わしは小引坂《こびきざか》来てるんや」

「そんな道あるんかい?」

「わしの家のすぐ裏にその道あるんやけど、戸津井坂より道幅広いし、此処に来るんやったらそっちの道が近いで」

「そうかいなあー」

「ほれ、あそこに見えている赤松の木の左側を少し登って行くと、すぐに広い道に出る。その道を右に行くと小引に出るし、左に行くと衣奈に出る。帰りは下り坂だけなんで十分とかからんで」

「そうかい、そうかい。今日はいっぺんその道で一緒に帰ってみよか」

いま私が通っている戸津井坂は、戸津井村の民家に行くには近いが、仕事場までとなると、一旦民家に近い所まで下りて、そこから五分以上は坂道を上ってこなければならなかった。

その日は、坂本と一緒に小引坂を帰った。坂本とは、いつも近くで仕事をしていたが、二人だけで改まって話をする機会が一度もなかった。

「そうそう、最初の日は歌なんぞ歌ってくれておおきにやでー」

「いーや、みんないちびったこと言ってなあ、わしは元やんが温厚で真面目なこと知ってたんで、相当に腹も立ったんやが、それを堪えてあの歌に変えたんや」

「やっぱりそうだったんやなあ、おおきに、おおきに。坂本の気持ち、わしはわかっていたで」

「元やん、此処が戸津井坂との分かれ道や！」と、人が通った痕のある雑木林を指さしながら坂本が言った。

「ほーそうなんか？」

「ほんの十間《じっけん》（一間は約一・八メートル）ほど行ったら戸津井坂に突き当たる。元やんの家やったら、此処から戸津井坂を下ったほうが近いかもしれんなあ」

「坂本、ちょっと此処で待っててくれるかい？」と私は言い終え、一人でその雑木林の中に入って行った。しばらく進むと、突然見覚えのある道が現れた。「なるほどなあー」と私は独り言を言い終え、すぐに坂本のいる所まで戻ってきた。

道端に腰を下ろしていた坂本に、「今日はこのまま小引坂を下って、おまえさんを家まで送らせてもらえんか？」

「そうかー？」

「もう少し坂本と話がしたいし、明日にでもあの道通ってみることにするんでなー」と、私が坂本に言い終えた時、ふと、彼が座っているすぐ横に小さな地蔵が置かれていることに気が付いた。

「坂本、この地蔵さんは何の地蔵さんかのー？」

「さあーなー？　何だかなあー？」と、坂本はあまり興味のない体《てい》であり、話はそこで終わった。

その後は、坂本と昔の思い出話をしながら、小引坂をぼちぼち歩きで衣奈村まで帰った。

私は借家に住んでいる。したがって家には仏壇がない。もっとも、私は吉村家の二男であるからに、この先実家に住むこともなく、仏壇とは縁遠い人間のままであろう。

私の母が生きていた頃、母は朝夕に家の仏壇に食べ物などを供え、仏壇の前に座って亡くなった私の父たちと何やら話をしていた。母から、「たまにはお前も一緒に拝め」と言われ、時には私も母の横に座って手を合わせることがあった。が、その静かに過ぎるひと時が、あながち嫌でなかった。

今日の帰りに見つけた地蔵菩薩、どんな訳あり地蔵であるのか計り知れないことではあるが、どうにも頭から離れない。「よし、明日の朝、飯でも供えてやろう」と、独り言を言って眠りについた。

次の日は、小引坂を行くことにした。最初に戸津井坂を少し上り、途中から昨日覚えた雑木林を昨日と反対側から通り抜け、小引坂と地蔵さんまでやってきた。

小さな一体の地蔵は、私の膝の高さほどであった。昨日は辺りが暗く、気づくこともなかったが、ところどころが薄緑に色変わりし、あまり手入れもされていないようであった。

地蔵の前に小箱が置かれており、その中には箱から溢れんばかりに落ち葉と短い木の枝が溜まっている。私は、箱の中を綺麗にして、家からこっそりと持ってきた二つの生の芋を箱の中に入れた。

「お地蔵さん、腹減ったやろ、これでも食ってくれ。夕方には美味しい水持ってくるんで、楽しみに待っといてくれるかい？」と話し掛けた。

その日以来、仕事の行き帰りには必ず地蔵の前で膝をつき、一言二言と声を掛ける。それが私の習慣となってゆく。私の持仏様、いや、心の友として。

果たすべく

監督となっての月日が過ぎ始めた。

一日仕事をするなかで、一人二人は必ず怪我をする。軽い打身や捻挫で済んでいるうちは良いが、大きな怪我は絶対にさせられない。監督の責任は重いといつも私は心に思っている。

一番の大怪我の元は、縄梯子からの転落である。今は片足を縄梯子に器用に回して作業をしているが、いつ何時足が抜けてしまうかもしれない。その次に怖いのが落下してきた岩が頭や顔を直撃すること。今夜も私は布団の中で、そんな光景が頭の中を駆け巡っていた。「何か考えんといかん！」怪我をなくす、怪我の具合を軽くする方法はないかと、あれこれと思案を繰り返すのである。

しばらく過ぎたある日、怪我を少なくする方法として、私は川添さんに二、三提案させてもらった。

それらはこうである。

全員が頭に手拭いを被ること。手袋をはめること。そして一番気になっていた縄梯子に登っている時は必ずロープで自分の体と縄梯子を繋ぐこと。さしずめ、こんなところを話してみた。

「監督さん、もっともですよ」と、座っていた椅子から乗り出しながら川添さんが言った。

「いやいや、私も前々から気にはなってたんですがねー」

「そうですか」

「自分の腰に巻き付けたロープを縄梯子に繋ぐことは、いつぞや私も頼んだことがあったんですがね。作業の邪魔になるとか、やれ場所を移動するのに手間が掛かるとかで、いやいや、結局一度も試さずにおじゃんになったんですわ」と、苦笑いする川添さん。

「私のほうからみんなに話してもよいですかのー？」

「いやいや、そうしてもろうたら有難い。監督さんから話が出れば、ひょっとしたらひょっとするかもしれまへん。それ用の短いロープは、そこの箱の中に何本か入ってますさかい、使うことになったらそこのを使ってくれはりますか」

　一度にいくつもの注文を押しつけては堅苦しく思われるかもしれない。手拭いと手袋はさて置き、一番急を要するロープを繋ぐ案。さっそくその日の午前の休憩にその話を切り出してみた。

「監督さん、それはいい案やなあー」と、真っ先にいつも縄梯子に登っている酒井《さかい》から返事が返ってきた。

「そうしといたら、万が一にも落ちる心配ないしな」と、これまた縄梯子組の猪又《いのまた》も続いた。

「みんなどうやろか？　一度やってみてくれるかい？」

「賛成、賛成」

「そうやそうや、みんな大賛成やでー」と、口ぐちに賛成を唱え出した。

「そんな名案出してくるとは、監督さんはほんま奇特な人やなあー」と、私より年長の村岡《むらおか》さんがさらに追い打ちを掛ける。

なにやら魂胆があるのかと思えるほど歯の浮くような言葉を言われ、逆に私は一瞬不安さえ覚えてしまったが、直ぐに、「いや、そうではない。みんな私のことを信用してくれているからだ」と思い直す。

私もこの一月以上、みんなと仕事をしたことで、彼らの性格はおおよそ理解できていた。

「お調子者」といった面も確かにある。しかし、純粋で下心などおよそ持ち合わせておらず、必要以上にお世辞を言ったり、媚を売ったりする者は誰もいない。みんな人に対して思いやりがあり、仲間意識がとても強い。「下種《げす》な勘繰《かんぐ》りをしたもんだ」と、私は心の中で苦笑いしていた。

昼休みの間に、縄梯子組のロープを見繕《みつくろ》い、さっそく午後から使用することにした。私がロープを見定めていると、川添さんがニヤニヤしながら話し掛けてきた。

「監督さん、いやいや、良かったですなー。みんなの反応は私の時とは真逆じゃないですかー」

「はい、みんな二つ返事で賛成してくれました」

「どうやら監督さん、あんたは相当気に入られているようですなあー」

「そうですかのー？」

「いやいや、みんなホッとしてるんですわ。よく考えてみれば、雇い主の島崎さんが決めた現場監督を嫌だとは言えまへん。それがどんな人でもねえ。どんな監督が来るのかと、みんな心配だったに違いありまへん。そこへあんたがやって来た。嬉しんでしょうなあー」

私は、川添さんの言葉にポリポリと頭をかきながら事務所から出て行き、みんながひと眠りしている木陰に向かった。

木陰にみんな横たわり、そこに近づくにつれ各々のいびき声も徐々に大きく聞こえだす。

私の足音に気づいた村岡さんが、「監督さん、もう時間かい？」と体を起こしながら尋ねてきた。

「いや、申し訳ない。起こしてしもうて悪かったなー」と小声で言いながら、片手を顔の前で二、三度往復させ、まだ仕事を始める時間でないことを知らせた。安心したのか村岡さんはすぐに体を横たえた。仕事を始めるにはまだ四半刻、そう半時間は早かった。

私はみんなが寝ているその傍らで静かに時間が過ぎるのを待った。

同じ頃にみんなが目を覚ます。「ふー」と、両手を挙げて大あくびする者、顔や目を擦りだす者。「人の寝起きってどうにも滑稽《こっけい》なもんや。大人も子供もないんやなあ」と、私は心の中でクスクスと笑っていた。

「監督さん、何がおかしんなあー?」と一人の男の問いかけで、私は自分の顔がにやけていたことを知らされた。

「諸君、これを見てくれ!」と、私は数本束ね持ったロープを頭の上に掲げながら話を続けた。

「何を隠そうこのロープは、別名命綱という代物なんや!」と言い終えた後、しばらくみんなの顔色を窺う。

「へー、それがねえー?」と、中島《なかじま》があんぐりと口を開きながらそう言った。

「わしには何の変哲《へんてつ》もないただのロープに見えますけど、どこがどんなに違うんですやろか?」と村岡さん。

「実はそうなんや。なんの変哲もないこのロープ。しかしこのロープが命を守ってくれる。そんな重宝《ちょうほう》なロープ、命綱という名前がうってつけや。みんなそう思わんかいのー?」と私は感情むきだしでそう言って、そのロープを使い、縄梯子からの転落を防ごうと、話し掛けた。

「そうやなあー」

「そのとおりや!」

「さすが監督。よっ、社長!」

「命綱かー、粋な名前や。監督さんは本当に物知りですなあ」

「こんな賢い人を伯楽《はくらく》と言うんや!」と村岡さんが言ったが、私はどうにも違っているような気がして、村岡さんの耳元近くで、「すんません、それ博学のことですか?」と、周りに聞こえないよう小声でこっそり言った。

「おー、そうとも言うなあ」と、照れ臭さそうに村岡さん。

午後からは、ロープの巻き方や場所を移動する時の要領をみんなで話し合い、さっそくそれを実践した。

縄梯子組は、それぞれ自分の腰に巻き付けたロープを縄梯子の横縄に縛り付けて作業を行っている。私は地上から彼らの動きを注視する。首をかしげながら恨めしそうにじっとロープを睨んでいる者。時折、「えーい、くそー」と声を出す者。彼らにしてみれば無用の長物《ちょうぶつ》かもしれないが、私は監督として、彼らの無事を第一に考えてやらねばならない。

「みんな辛抱してくれ」と、私は心の中で叫んでいた。

一度に縄梯子に登るのは四人までである。午後の休憩後、それまで縄梯子に登って作業していた四人が他の四人と交代した。新たに縄梯子に登った者たちも、何度か自分に着けたロープを見てはわずらわしそうな顔を浮かべていた。その様子を地上で見ていた最初に縄梯子で作業した連中は、「クスクス」と、それ見たことかといった表情を浮かべている。

仕事を終え、事務所で着替えている時、命綱の意見をみんなに聞いてみた。

「監督さん、落ちる心配はないけど、どうにも仕事が捗《はかど》らんでなあー」

「なにせ、場所を変える時にいちいちロープを解いてまたロープを結んだりと、ほんまに手間が掛かってしょうがないで」

「こんなことしてたらオマンマの食い上げにならんかのー」と、堰を切ったように不平言が口々から飛び出てきた。

「わしも下で見ていて、皆が難儀《なんぎ》している様子がわかったで。何かいい方法考えてみるんで、もう少しの間、今日と同じ要領でやってもらえんか。給金のことは心配せんでも、わしがちゃんとするさかいな」と、その場しのぎとして私はそう言った。

その日の夜、仕事から帰って晩飯を食べる前に近くの鍛冶屋《かじや》へ行った。ロープを手《て》短《みじか》に括り直すいい方法がないかと、鍛冶屋の亭主に相談を持ち掛けてみた。

「元やん、ロープの端に金具を取り付けてみたらどうかいなぁー」と、すぐに鍛冶屋の亭主はそう言った。

「え、金具を付けるんかい？」と、待ってましたいう答えが返ってきたことで、私はひと際大きな声で相槌を打った。

「そうや、ロープの先に金目の輪っかを付けるんや。えぇっと、輪の根元を指で押さえ込むと隙間ができ、そこへ縄梯子のロープをはめ込む訳や。縄梯子から外す時も同じように、押さえてできた隙間からロープを潜《くぐ》らせる。片手でも造作ないで」

「それは名案ですなー、簡単に作れますかいな？」

「有り合わせで作ってみるけど、特注やからなあ。まあ、半日あればできると思うで。それと値はただや」

「ただではいかん！　また色々頼むかも知れんしなあー」

「そうかい、そうかい。それやったら一つ五十銭《せん》貰うとしょうか」

「ほー安い安い。八つできるかの？」

「そらできるで、八つで三円でええわ」

「おおきに、すんませんなあー」

「さっそく明日にでも取り付けるロープ持ってきてくれるかい？」

「明日、仕事の帰りに持ってくるんで、よろしく頼んます」

こうして、命綱の件はひと段落し、縄梯子組は日に日にその命綱の使いこなしが素早くなっていった。

その一週間後には、頭にかぶる白い手拭いと手袋を着けるようにもなった。手拭いと手袋は呉服屋に注文した。それぞれ三十人分を用意した。値段はしめて六円ほどで、もちろん自腹であった。妻の夏枝には散々文句を言われたが、今の仕事に変わる時、島崎社長から番頭をした御礼と新しい仕事の支度金という名目で寸志たるお金を頂いていたので、それで十分に賄《まかな》うことができたのである。

彩り

どこまでも高く広がる晩秋の空の下、私に子供ができた。丸い丸い女子《おなご》であった。妻は、女子では跡取りにならんと言って、露骨にがっかり顔を浮かべていたが、私は、天にも昇る喜びを感じていた。男子であれ、女子であれ私の子には変わりない。

私は四人兄弟の末っ子で、兄が一人と姉が二人いる。上の兄とは十七、二人の姉とはそれぞれ十五、十四の歳の差があり、兄には小さい頃から一度も遊んでもらったことがなく、可愛がられた記憶がない。よく叱られ、よく殴られもして、とても怖い存在であった。

姉たちは、私が小学校に入る前に嫁に行き、私としては、姉たちと家の中で一緒に過ごした記憶がほとんどなかった。

私の父は、戸田《とだ》という姓であり、後に私の母親となる「吉村タカ」が住んでいた吉村家のすぐ隣で鍛冶屋をしていた。吉村家にはもともと三人の子供がおり、その父親はその子らが幼い頃に亡くなったそうである。私の父は、いつしかこの未亡人の家に住みつき、やがて私が生まれたわけであるが、私が生まれた後も両親は籍を入れず、私は戸田の姓のままであった。

　私の母はとても優しかった。しかし、それはきまって兄がいない時であり、兄がいる前では私を叱ることもよくあり、母が兄に気を使っているそのことのしだいを私自身も幼心に何気に感じ取っていた。

　父は、私が六歳の頃にアメリカに行ってしまった。父はアメリカでお金をたくさん稼いでくると私に言い残したものの、その約二年後にマラリアで亡くなったという知らせが届いた。父が亡くなったのは、アメリカに渡った僅か二カ月後だったそうである。そして母も、私が十三歳の時に亡くなった。

　兄は私が小学校を卒業した頃に嫁を貰い、今では十六歳の息子と十三歳の娘がいる。母が亡くなってからは、私は吉村家の居候《いそうろう》のようなもので、たいそう居心地が悪く、その二カ月後に家を出て、今働いている島崎工業で住み込みで働き始めた。それ以後、私は吉村の姓を名乗らせて貰っているのである。

　家族の団欒《だんらん》をそれほど知らなかった私。人の死の悲しみこそ知れど、生の喜び、その目映《まばゆ》さを知らなかった私は、「私に娘ができたのだ！」と、新しい命、新しい家族の誕生に幸せを感じずにはいられなかったのである。

　子供の名前は生まれる前からあれこれと考えていた。特に仕事の行き帰りには、山道を歩きながらいつも色々考えた。赤々と色づく紅葉に足を止め、「女子であったら、紅葉《もみじ》か楓《かえで》がいいかいな。桜も菊もいい。いや、秋に生まれたらやっぱり紅葉か楓か。もし男子であれば」と、色々楽しい思案を駆け巡らせる。

娘の名前は「たかゑ《え》」にした。結局私の意見は通らず、妻の独断で名前が決まったのである。

子供は仕事の励みとなり生きる糧となる。まさに人生の彩《いろど》りである。仕事が終わりに近づくと、必ず娘の顔が浮かんでくる。「早く帰って、たかゑの顔が見たい。抱き上げたい」と、そんな思いを抱きながら今日も帰りの道を急ぐ私であった。

料金受取人払郵便

新宿局承認

2523

差出有効期間
2025年3月
31日まで
（切手不要）

郵便はがき

160-8791

141

東京都新宿区新宿1－10－1

(株)文芸社

愛読者カード係 行

ふりがな お名前		明治　大正 昭和　平成	年生　歳	
ふりがな ご住所	□□□-□□□□		性別 男・女	
お電話 番　号	（書籍ご注文の際に必要です）	ご職業		
E-mail				
ご購読雑誌（複数可）		ご購読新聞	新聞	

最近読んでおもしろかった本や今後、とりあげてほしいテーマをお教えください。

ご自分の研究成果や経験、お考え等を出版してみたいというお気持ちはありますか。

ある　　ない　　内容・テーマ（　　　　　　　　　　）

現在完成した作品をお持ちですか。

ある　　ない　　ジャンル・原稿量（　　　　　　　　　　）

書　名			
お買上書　店	都道府県　　　　市区郡	書店名	書店
		ご購入日	年　　月　　日

本書をどこでお知りになりましたか?

1.書店店頭　2.知人にすすめられて　3.インターネット(サイト名　　　　)

4.DMハガキ　5.広告、記事を見て(新聞、雑誌名　　　　)

上の質問に関連して、ご購入の決め手となったのは?

1.タイトル　2.著者　3.内容　4.カバーデザイン　5.帯

その他ご自由にお書きください。

(　　　　)

本書についてのご意見、ご感想をお聞かせください。

①内容について

②カバー、タイトル、帯について

弊社Webサイトからもご意見、ご感想をお寄せいただけます。

ご協力ありがとうございました。

※お寄せいただいたご意見、ご感想は新聞広告等で匿名にて使わせていただくことがあります。

※お客様の個人情報は、小社からの連絡のみに使用します。社外に提供することは一切ありません。

■書籍のご注文は、お近くの書店または、ブックサービス(0120-29-9625)、セブンネットショッピング(http://7net.omni7.jp/)にお申し込み下さい。

興隆の頃

大正十五年、この年の暮れ、天皇陛下が御崩御《ごほうぎょ》されて、「昭和」という年号になった。

年が明けた昭和二年の春、私に二人目の娘ができた。この娘の名も妻が決めた。この時にも私には、「桜《さくら》」という思う名前があったが、妻に、「そんな派手な名前どこにもないわ！」と一蹴され、鶴の一声で「みさゑ《え》」と名付けたのである。ただ、この名前には私はいささか思い入れがあった。私が小学校に通っていた頃、同じ級にみさゑという女子がおり、私はその女子に密かに好意を抱いていた時期があったのである。その子は家柄も良く勉強もよくできたので、高等小学校まで進んだようであったが、私は十歳で小学校を卒業し、それ以後はその子と一度も会ったことはなかった。

妻はまたしても、「おなご、おなご」と不満を漏らしていた。妻の前では喜びをあらわにできずとも、二人目のお姫様の誕生に幸せ一杯な私であった。

当初、仕事場の責任者であった川添さんは、この年の一月に大阪に帰った。予定より半年ほど早い別れとなった。私は、川添さんの行っていた事務的な仕事を一手に引き受け、文字通りそこの責任者となっていた。

その年の六月のある日、突然、島崎社長が仕事場にやって来た。社長はめったに現場に来ることがなく、この日に来たのが都合三回目であり、前に来たのは川添さんが大阪に帰る時であった。社長が来るなど、「ろくでもない」と、私は困り顔で周りの連中と顔を見合わせた。

私が急いで社長に近づいて行くと、「監督だけ事務所に来てくれ。他の者は手を止めたらいかんぞ！」と、相も変わらぬ怒鳴り口調でそう言った。私は、その社長の声にどこか身内にも似た親しみを覚えたものであったが、今日はどんな小言を言われるのかと思いながら、社長の後から恐る恐る事務所に入って行った。

「元、発破《はっぱ》の免状取ってこい！」

「えっ？」

「何、もっけな顔してるんや、発破や、発破、発破！」

「発破って、あの発破ですか？」

「そうや、発破といったらあの発破や」

「いつまでも大正のやり方やってたてもはかどらん。商売上がったりやないか！」と、社長は少し苛《いら》立った様子でそう言った。

発破のことはなんとなく知っていた。島崎工業でも山など崩す時に使っており、帳簿にも発破の数や値段を付けていたからである。しかし、帳簿の仕事以外したことがなかった私にとっては、およそかけ離れたもので、実際にこの目で見たこともなかった。

「わしが発破の免状を取って、誰がその仕掛けや何やらやるんですかのー？」

「とぼけたこと言っとけ！　おまえがやるんや！　免状取ったお前がせんで誰がやるんや、この馬鹿たれが！」と、あまりの唐変木《とうへんぼく》な私の返事に業を煮やしたのか、社長は顔を紅潮させ片手で机を叩きながら声を荒げた。

「はーすんません、社長さん、すんません」

その後、免状の取り方の話を簡単に聞き、しぶしぶ私はこの話を承諾させられたのである。

免状を取るためには、遠く離れた教習所に行かねばならず、それは到底歩いて行ける距離ではない。週が明けた月曜から私は教習所に通い始めた。隣の由良《ゆら》村まで山越えし、由良村から汽車に乗って御坊《ごぼう》村まで行く。汽車を降りてからさらに半時間以上歩いて教習所に到着する。片道約一時間半の道のりであった。

通い始めて数日後に梅雨に入ったようで、たいていの日は雨合羽に傘を差しての道中であった。そうして二十日後、ようやく発破の免状を取ったのである。

初めて発破を使う日、島崎社長が仕事場にやって来た。この時には三人の供がいた。

三人とも私の見覚えのある者たちであり、一人は社長の息子の若旦那。残りの二人は、私と一緒に社長の屋敷で働いていた当時見習いの若者たちであった。

私が社長の屋敷を出てから二年近く経っている。彼ら若者たちとの初めての再会に、私は目頭が熱くなった。

「おーお前たち、達者だったかい？」

「番頭さんお久しぶりです。いつも番頭さんに会いたい会いたいと思ってましたよ」

と、二人は私に駆け寄るや否や、両側から私の肩に抱き着いてきた。

「わしもお前たちに会いたいと思ってたんや。今日こうして再会できて、ほんまに嬉しいで」

二年経てば、二人の風貌もだいぶ変わっていた。特に若い方は、背が随分と高くなったようで、少年顔が大人の顔に風変わりしていた。二人から聞いたのだが、つい先日、年上の方が番頭、年下の方は小番頭という役どころを与えられたという。

「今日、社長にお願いして一緒に連れてきて貰ったんですよ。いや、実は社長に頼んでも断られたんで、若旦那にお願いして若旦那から社長に頼んでもらったんですよ」

「お前たち、見違えるほど立派になったもんや。二人とも男前でほんまに凛々《りり》しいで」

いよいよ発破を行う時間になった。社長をはじめ全員が少し離れた場所まで遠ざかり、私が発破を仕掛け始める。教習所で教わった「いろは」を朝から何度も繰り返し確認していたが、いざ火薬を袋に詰め始めた時、にわかに指先が震えだしてきた。縄梯子で石灰山の中腹辺りまで登り、ここだと目を付けていた窪んだ位置に火薬を取り付け、導線にマッチで火を付けた。

丁度、私がみんながいる所まで避難し終えた頃、私の後方で爆音が轟《とどろ》いた。その音が周りの山々にこだまし、誰もが咄嗟《とっさ》に身を低く沈めて下を向き、両手で自分の耳を塞いだ。

しばらくして、みんなが頭を持ち上げる。

「えらい音したなあー」

「ほんまに恐ろしかったで、まるで大砲《たいほう》のようやで！」

「お前、大砲見たことあったんか？　何処にいて大砲食らったんや？」などと、ひそひそ話が聞こえ出してくる。

「で、首尾はどうなんや？」と、言った社長の声でふと我に返った私は、「どんなもんやら分かりませんが、まだ岩が落ちてくるかもしれんので、もう少しここで待っててもらえますかい？」と、今にも現場に向かおうといきり立っている社長を私は宥めた。

しばらくし、「社長、そろそろ行きますか。私が先に行くんで、皆はその後に付いて来てくれますか」そう言って、私を先頭に固唾を呑みながら発破の後の現場に近づいた。辺りには薄っすらと白い煙が漂っている。上方からの落石を気にしながら山の麓まで来てみると、とんでもない光景が私たちを持っていた。それはそれはたくさんの石灰岩が、広い範囲に渡って飛び散っていたのであった。

「監督、えらいもんやなー」と、誰かが言った。

「すごい、すごい。こんだけ落とすんにわしら三日は掛かるで」と、いつも縄梯子に登って石を砕き落としている酒井が言った。

「社長、なんとも言いようがないですわー」

「うんうん、うん。そうやろそうやろ、そういうこっちゃ！　そうか、そうか、よしよし」と、満足げな社長。

発破の威力は思った以上であった。今まで縄梯子の上で危ない思いをし、昼日中ずっと石灰岩を砕き落としていたことが、いったい何だったのかと思わずにはいられなかった。酒井が言ったように、ノミと玄能を使って四人がかりで石を砕いても二、三日は掛かるほどの石灰岩の量が、たった一回の発破で事が足りたのである。

その後社長一行は、しばらく事務所で休憩した後、上機嫌で帰って行った。もっとも、機嫌がよかったのは社長と若旦那の二人であり、若い番頭と小番頭は、私との別れをたいそう惜しんでくれていた。

社長が帰り際、「監督、今度トロッコ使うようにするんで、楽しみに待っといてくれ！」と私に言い置きしていった。

それから約二週間後に三台のトロッコがやってきた。トロッコ用のレールを石灰山の麓から三十丈《さんじゅうじょう》（約九十メートル）ほど離れた粉砕機のある小屋まで敷いた。レールを敷くための道を整えるのが大変で、仕事場の者が全員で作業して二週間ほどかかった。

発破を使うようになり、トロッコ用のレールが敷かれたことで、一日の採石量が数段多くなった。大阪からの船も隔日に来るようになり、人手もそれから徐々に増えてゆき、そのうち三人の女子も雇うようになった。

女子は、地元の戸津井村の者たちで、朝の家事を終えてからやって来て、帰る時間もかなり早かった。いずれの女子も既婚者で男子陣より年上であったが、まがりなりにも女子であり、仕事場の雰囲気が和《なご》やかになったことは紛れもなかった。休憩中は女子たちを取り囲むように会話が途切れることがない。話の話題も多くなった。若い娘の話やら夜の営みなどと色恋話が三方から聞こえてくる。今まさに、戸津井採石場がその最盛期を迎えていたのである。

流れる歳月に

仕事場に差し込む朝の光は遅い。石灰山の後方から陽が昇るからである。ようようそこから陽が昇った頃、既に辺りの山々の山頂が黄色く色づき、向かいの戸津井漁港のすぐ沖に浮かぶ「十九島《つるしま》」にも光を落としている。そしてその光は、湾内から徐々に民家を輝かせてゆく。

陽が沈む時は、十九島のやや西側沖の遥か水平線に赤々と夕日が映え、仕事の終わりが近づいていることを教えてくれる。

昭和六年、ここに来て六度目の春。今では晴れた日であれば、お陽様の位置でその時のおおよその時刻もわかるようになっていた。一年間のその時々に見聞きする花や小鳥の囀《さえず》り、風の音色や海や山々の息吹《いぶき》。「良い時代、良い里に生まれ落ちたもんや」と、目の前に広がる水平線を眺めながら、しばし私は人生の喜びに浸っていたのである。

「さあ、そろそろ時間やろ」と、私は昼休憩用の水を汲むため谷川に向かって歩を進め始めた。

　この年の五月、三人目の子が誕生した。今度は男子であった。

　妻の夏枝は、震えるようにそれはそれは喜んだ。妻の喜び様を見て私も本当に嬉しかった。

　男子には「英二《ひでかず》」と名付けた。今度の名前は、妻が知り合いの「おその」さんという人に頼んで、字の相性やらが良いという理由からそのように名付けたのである。

　私としては、私の名前の「元」という一文字を入れて、「元一《もとかず》」にしたいという思いが強かった。

　実は、私の父親は「戸田元兵衛《とだもへい》」と言った。私の名前と全く同じ字の「元兵衛《もとべえ》」と書いて「もへい」と読んだのである。私は、できれば父から授かった名前の一字を息子に残したかったが、この時も妻に押し切られてしまったのである。

　いや、名前などどうでもよい。できれば、今日の五月晴れ《さつきば》の様に、清々しく生きてほしい……。

「ようやったなあー夏枝」

「やっとわしらの跡取りができたなあ、三度目の正直や！」と夏枝が笑う。

「どんだけ先になるかわからんが、ゆくゆくはわしらの家建てようやないか」

「ほー、急に気が大きくなったんか？」と夏枝が茶化す。

「いーや、こいつらが大きくなったらこの家やったら狭すぎる。それに、いつまでも借家住まいのまんまではいかんやろ」

「一言で家建てるってあんた、土地からなんやらで、えらい値になるんと違うんか？」

「そらそうやがなあ、まあ任せてくれ。この身削って家の一つや二つ建てて見せろやないかいな！」と、ついつい大見得を切ってしまった。

しかし、私が家を建てようと言ったのは、その場の勢いだけではなかった。

実は、私が数年前に実家に立ち寄った際、兄が私に言ったことを最近になって思い出していたのである。

兄は、「元兵衛、お前が家を建てようと思った日にゃ、真っ先にわしに知らせてくれ。お前のためにと土地を買ってあるんや。寺の向かいの土地やが、三十坪あるんで大きな家が建てられるはずや。お前はもともと戸田という姓やったんやが、できることなら吉村家の新家としていつまでも吉村の姓を継いでほしいんや。家の建て賃が足らなんだら、その分はわしが何とかしてやる。その気になったらいつでもわしに言ってこい」と、そんな話を兄から聞かされていたのである。

兄がどういう腹づもりで、私に土地を買ってくれていたのか。私への愛情なのか、はたまた母の遺言であったのか、ともすれば世間体《せけんてい》だったのかと、その時はそのように思っただけで、そんな話も日に日に薄らぎ忘れかけていたのであった。

今にして思ってみれば、母の命日や彼岸などに仏壇に線香をあげに実家へ帰った時は、必ず兄は笑顔で迎えてくれ、「元兵衛、元気でやってるか？　仕事はあんじょういってるか？」と、優しさの滲《にじ》みでる口調でいつも問いかけてくれていた。私が幼かった頃に怖い存在でしかなかった兄は、本当は優しい人であったことを次第に気づき始めていた私。兄は私のことを親身に思ってくれ、土地を買ってくれていたのだと、ようやく、「兄《にい》やん」の愛情を素直に受け止めることができる年齢になっていたのかもしれない。

光差し込む

発破を使い出してから八年近く経った春のある日、その日も朝の発破をやり終え、落石具合を確かめに山の麓に向かって一人で歩いていると、辺りを白い煙のようなものが包み込み、その先にぼんやりと何やら黒っぽい影が見えてきた。先ほど発破を仕掛けた真下であった。

私は足を止め、その場で固唾を呑んで視界が晴れるのを待った。ほどなく視界も開け始め、黒い影の全貌がはっきりと浮かんできた。

「穴だ！」と、一声出した私の声は擦《かす》れていた。

しばらくして、避難していたみんなが私の背後まで近づいてきた。

呆然とその場に立ちつくす私。その見つめる先の異変に気づいた誰かが大声で叫んだ。

「あれは穴か？」

「穴や、穴が開いている！」

「大きな穴が開いているやないかー」と、次々に叫び声があがる。

「待て！」

突然の予期せぬ訪問者に興味津々な者たちが、そのまま穴の中に飛び込んで行きそうな勢いで走り出したのを見て、私がそれを制止した。

石灰山の裾、地上から一間（約一・八メートル）ほどの高さの位置に、十人ほどの男たちを一息に呑み込んでしまいそうな大きな穴が、ぽっかりと開いていたのである。

「ゆっくり近づいてみるか」と私は言い終え、先頭に立って穴の真下まで近づいて行く。

穴の入口付近には、朝日に照らされ塵《ちり》か埃《ほこり》か何やらがキラキラと光り輝いている。穴の中からは、周囲に舞う桜の花びらを空高く舞い上がらせるかのよう、白っぽい煙のようなものがもくもくと外に向かって噴き出している。

「監督、あの穴は何やろか？」

「さあ、わしにもわからんなー」

私ともう一人の身軽な男が穴の真下から石灰山をよじ登り、二人でそっと穴の中を覗き、ゆっくり二歩、三歩とその中に足を踏み入れた。

「ほら穴になってるようやなあ。監督、もっと入ってみるかい？」

「いや、穴の中が崩れてくるかもしれんし、しばらく様子見ることにしよう」と、その男の片手を掴《つか》んで一緒にその場から引き揚げた。

一応、当分の間は穴に近づかないようにした。以後の発破は、来年以降に崩す予定にしていた場所に急きょ変更した。発破の振動で穴の中が崩れたり、入口が塞がったりすることを危惧し、なるべく穴から遠い場所にしたのである。

しかしその日から、みんなこの穴が気になって仕方がない。仕事の手を止めては穴のほうをちらちらと眺め、休憩時間になると必ず穴の話が持ち上がり、「穴の中に入ってみてはどうか」と、都合の良い口実を思いついては私に具申してくるのである。

当然、穴の中に入ってみたいという思いは私にもあったが、「穴の中に入って誰かに怪我をさせてしまっては元も子もない」と、躊躇《ちゅうちょ》する日々がしばらく続いた。

だが、毎日の様に私のほうを横目で覗いては、「気になるなあー、入ってみたいなあー」と、わざと聞こえるように呟く者や、洞窟の中を進んで行くさまを身振り手振りしてみせる者など、遠巻きに私に訴えてくる。そんな仕草を見ていると、彼らがまるで子供が親に強請《ねだ》り事《ごと》をしているかのようで、それらがなんともいじらしく思えてくるのであった。

「彼らの意向、望みを叶えてやりたい」と、そんな思いが日に日に強くなり、とうとうある日の昼休憩に、「今日から一週間後に穴の中に入ってみることにしようか」と、私は腹を括ったのであった。

「ほんまか？　監督！」

「やっとその日が来たでござるか！」

「おーほんまや！　今日から一週間ほど様子見て、何も変わったことなかったら穴の中に入ってみようやないか」

「みんなで入るんかい？」

「まずはわしを含めた二、三人と言いたいとこやが、入りたい者は入ってええで。入りたくない者はかまんしなー」

「入りたい奴は手を挙げてー」と、誰かが音頭をとった。全員が一斉に手を挙げた。

「今日からの一週間で安全な方法をあれこれ考えようじゃないかー」と私。

「そうや、そうや、みんなで考えよう」

「それにしてもどんな穴なんやろか。中は広いんかいなあ？　奥深いんかいなあ？」

「ひょっとしたら、悪人どもの隠れ家と違うやろか？」

「あほぬかせ！　こんな岩の中どこから入ったいうんや」

「変なもん出てこんかー？」

「変なもんって何なんや？　大蛇か物《もの》の怪《け》か？」

「どんとこーい！　ヤマタノオロチ！」

「わしは仙人と会ってみたいんや」と、冗談も交えて話が盛り上がる。

「とにかく、安全第一でいい方法を考えてくれるかい？」

それから一週間、洞窟に入るための安全な方法をみんなで考えたが、絶対に安全な方法などあるはずがないという結論。穴が現れてから二週間余り、少なくともその間に穴の入口付近に変わったことがなかったし、穴の中が崩れたような大きな音も聞こえなかった。しかし、危険があると思える限り何か策を講じなければと考え出した方法。それは、各人が自分の腰にロープを巻き付け、そのロープを一本の長いロープへ一尺《いっしゃく》（一尺は約三十センチ）ほどの間隔を取って括りつける。そして、人と人との間隔は三尺（約九十センチ）ほどとする。全員が一つのロープに繋がった形で一人ずつ順番に進んで行くという方法。これは、洞窟の中で誰か迷子にならないようにと、深い穴などに落ちないようにするためである。さらに、落石が頭に当たったり、頭や顔を洞窟の壁などにぶつけた時など、少しでもそのどよみを和らげるためにと、各人家から何枚かの古着と手拭いを持ち込み、それらで頭全体、顔は目の周りだけを残し幾重にも覆った。

洞窟の入口周辺は前もって整えていた。地上から穴の入口までをできるだけ平らにし、入り易くそして出易くしておいたのである。

遥か悠久の産物

洞窟探検の日が来た。昭和十年、四月二十四日。山桜の花びらが散り落ちた頃であった。

仕事を始める前に洞窟に入ることにしていたので、みんな少し早く仕事場に来てその準備をした。

「みんな、そろそろ準備ができたかい？」と私は言って、みんなのロープの括り具合を確認した。自分の腰に巻いているロープとそのロープの端を一尺ほどの間隔を取って長ロープにしっかり括っているかと、手で触りながら一人一人を入念に確認したのである。

「みんな、もう一度しっかりと聞いといてくれ！」

「これから一人ずつ順番に入って行くが、必ず片手で長ロープを持っておいてくれよ。慌てず騒がずゆっくり進んでゆこう。何かあったらその都度止まってみんなに知らせてくれ。とにかく安全第一でいこうやないか」

「監督、わかってるでー」と、何人かからの返事。他の者は笑顔が返事の代わりである。

入る順番は決めていた。当初は私が先頭の予定であったが、なにかと指示がしやすいなどの理由から、結局私は最後尾になった。

長ロープは、事務所内に置いていた長めのロープを数本繋ぎ合わせ、どれだけ進んだかわかるように、あらかじめおよそ三間（約五・四メートル）ごとに印をつけていた。ロープの片方の端を先頭者、反対側の端は外の突起した岩肌の根元に縛り付け、洞窟の中がどれだけ続いているのか見当がつかないが、十丈（約三十メートル）以上は進める目論見であった。

「監督、行くでー！」と、先頭の山本が高らかに声をあげた。

「よし、わかった。山本、無理するなー」と私が答える。

片手に長ロープ、もう片手には灯の付いたロウソクを持ち、山本を先頭に一人二人と私の前を笑顔で通り過ぎてゆく。先頭の山本が洞窟の入口で私のほうを振り向き、兵隊さんを真似て敬礼した。そして、その後次々とロウソクの灯が暗闇に消えてゆき、最後に私がその中に足を踏み入れた。

「一跨《ひとまた》ぎの穴があるぞ！　みんな気を付けろ！」と、先頭の山本が後ろを振り返って言った。そして四つん這いになってロウソクの灯で穴の下側を照らしてみたが、まるで底が見えない。山本のすぐ後ろに来ていた坂本が、地面に転がっていた小石を拾い穴に落としてみる。耳を澄ます二人。「コーンコーン」と、石が落下してゆく音がしばらく聞こえ、やがて消えた。

「長かったなー、深いぞ！」と山本。

「おー、相当なもんや」と坂本。

「ここから落ちたら一巻の終わりやぞ！」

「ほんまや」と頷《うなず》きあう二人。

「進めるか？」と、少し離れて二人の様子を窺っていた三番手の室根《むろね》が問いかけた。

「大丈夫や、大丈夫やが気を付けんといかんぞ」と言い終えた山本は、「よっこいしょ」

と声を出しながらその穴を跨いだ。

「おい、室根の旦那、後ろから来る者に順番に伝えていくようにしようか」

「よーし、わかったでー」

私は最後尾から前の進みに合わせ、穴の入口に解いているロープを洞窟内に引き寄せながら進んで行く。

洞窟に入って三間《さんげん》ほど来ると、急に前が進まなくなった。奥からは、ぼそぼそと話し声が聞こえてくるが、洞窟内の慣れない響きで言葉が幾重にも聞こえ、何を話しているのかどうにも聞き取れない。

「先頭は七、八丈（約二十一メートル～二十四メートル）は行ってるはずやが」と、独り言をこぼした矢先に前が動き出した。しかし、ほんの少し進んだかと思うとすぐに止まり、しばらくしてからまた進む。少し進んではしばらく止まるを何度も繰り返し、その原因となっていた場所までやって来た。

「これかー」と、私は中腰になり、持っていたロウソクで穴を照らしてみる。

「監督、恐ろしいほど深いらしいで。気を付けてゆっくり跨いでくれるかい」と、すでに穴を跨ぎ終えていた矢原《やはら》が穴の向こう側から声を掛けてくれた。

「よっこいしょ！」と難所を乗り越えたかと思うと、「うおー」と前方で大きな叫び声が聞こえた。「今度は何やー？」と思った途端、奥のほうからすごい勢いで鳥の大群が押し寄せてきた。私や前方の者たちは一斉にその場に蹲《うずくま》った。それで一息ついたかと思うと、今度は反対側から再び鳥の大群が押し寄せ、奥のほうに向かって飛んで行った。

「びっくりしたなあー」

「今の何やろねー？」と、矢原と猪又が互いの顔にロウソクの灯を当てながら言い合った。

「コウモリや！」

「コウモリ？　監督コウモリ知ってんのか？　見たことあるんかい？」と矢原。

「昔住んでた家の隣の空き家にコウモリがいてなあ、夜になったら飛び回っていたのを何度も見たことあるんや。その時は一匹だけやったが、コウモリは大群でいると聞いたことある。今のは確かにコウモリや！」と、私が話している最中に前が動き出す。

ロウソクの灯を左から右にゆっくりと回し、今度は右から左に回す。そして上下を照らして周りを確認する。足元が躓《つまず》かないように、足の裏をづるりづるりと地に滑らせながら一歩一歩進んで行く。前方のロウソクの灯は、人の動きに合わせてゆらゆら動いている。そして、その灯が右側に一つ二つと消え始めた。

「先は右に曲がっているのか？」と私は思った。みんなが曲がって行ったその手前に近づいてくると、何やら様子がおかしいことに気が付いた。ざわざわと何人かの呟き声が聞こえてくる。私もその角を曲がってみると、畳八畳ほどの広い場所にみんなが集まり、ロウソクの灯を頭の上に翳《かざ》して上方を眺めていたのである。

私もみんなが眺めているその方向に向かって自分のロウソクの灯を当ててみた。そして、その直後「ほうー」という声を思わずこぼした。

左手に持ったロウソクを自分の頭の上に翳し、それをゆっくりと左右に動かしある位置で一旦止める。それからまたゆっくりと動かし始める。

「へー、ほー」といった声が、誰かれともなく聞こえてくる。

心の中でそう呟いた。
「これは、これはいったい何やろか？　ここはいったい何処なんやろか？」と、私は
私の目の前、いや、私の頭の上に連なっている無数の奇妙な石。黄金色《こがねいろ》に輝き、ま
るで凍った氷柱の様に垂れ下がっている。しっとりと濡れているのであろうか、時折
零れ落ちる雫《しずく》が、ロウソク越しに「キラキラ」と輝きを放つ。
一人二人とその場に座り、つられて全員が地べたに腰を下ろした。
「監督、これは何やろか？」と、隣にいた矢原が話し掛けてきたので、「さあよな
あー」と、ぽつりと一言返したが、顔は上を向いたままである。
急に立ちあがって背伸びしながら眺める者たち。
「ひとつふたつ」と、数を数え始めた一人の者は、あまりの多さに無意味なことだと
思ったようで、まもなくそんな声は立ち消えた。普段であれば、そろそろ冗談話が始
まる頃だが、この時ばかりは違っていた。
「熱い！」と、突然誰かが叫んだ。
「わしも熱いでー」と、違う者の声。
その声々で、ふと、私は我に返った。ロウソクが残り少なくなっていた。手袋をは
めていたが、手袋越しにも火の熱さが伝わってきた。

「よし、引き揚げようー」と、私は大声で言った。

「ロウソクが持てんようになったら、その場に捨てて足で火を消しといてくれ。一度通った道や、誰かの明かりで何とか進めるやろ！」そして最後に、「ゆっくり急いで帰ろかー」と言い終え、今度は私が先頭で出口に向かって歩き始めた。

「ゆっくり急いでとは、おかしなことやが。まあ、みんなにはそれとなく伝わったやろ？」

と、私は苦笑いしながら暗い洞窟の中をゆっくりとそして急いで戻り始めた。戻る途中にも、よくよく見ると、ところどころの天井や横壁の上のほうに沢山の氷柱の形をした石が垂れ下がっていることに気が付いた。

　穴の中から外に出て、すぐに長いロープに括っていた自分のロープを解いた。次々と外に出てくる者の誰もが一瞬眩しそうな顔をする。最後に山本の姿が洞窟の出口に現れたのを見て、私は胸を撫で下ろした。

　その後、洞窟の入口近くにみんな輪になって胡坐をかいた。

「綺麗やったなあー」

「……」

「綺麗やったなあー」

「ほんま、綺麗やった」

「……」

呆然としている。いや、余韻に浸っているのである。

先ほどまでの暗みに浮かびし絶景と、今、眩しいくらいに燦燦《さんさん》と降りしきる陽の光。私も含めみんなの心境は、「夢か現か幻か」と、いったところであったのであろう。

「わし、あんなに綺麗なもん見たことなかったでー」

「この世のもんとは思えんなあー」

私とて同じであった。私が今日まで目にして素晴らしいと感じたいくつかの風景や色艶。それらを遥かに超越した神々《こうごう》しいまでの輝き。「こんなもんがあろうとは」と、ため息をついた。

直ぐには仕事に取り掛かれないであろう。納得していない。みんな先ほどの光景が頭から離れないでいる。

「あんなに綺麗な石、わしらの宝物にしようじゃないか」と村岡さんが言った。

「そうや、そうや、村岡さんの言うとおり、わしらの宝物や」

「そうや、そうや、わしらの宝物、わしらの守り神や」

「誰や、大蛇が出ると言ったんは？」

「矢原、おまえやろ！　仙人が住んでるとか言ってた奴は」と、どうやら普段通りの冗談がちらほら飛び交い始める。

「ぼちぼち、仕事に掛かるかい?」と、私のその一言で、みんなが一斉に私を振り向き、話し声が一瞬にして消えた。そして、しばらく沈黙の時が流れる。

「そ、そうやなあ」

「それもそうやなー」と、一人二人から独り言のような声が聞こえてくる。

みんなの楽しい時間を奪ってしまったと思った私は、その時咄嗟《とっさ》に、「なあに、今度仕事の合間にもう一度みんなで入ってみようやないか。今度は、もっと長い時間拝《おが》めるように、長めのロウソクも用意しとくで」と、私は予定のつかぬあいまいなことをついつい口に出してしまった。

「ほんまかー、監督」

「ほんまやなあ?」

「おーほんまや!　この話は次の休憩まで持ち越しや。さあ、頑張って仕事始めようか」

今回は、全員無事に戻ってくることができた。しかし、それはたまたまであったかもしれない。洞窟に入っていた時、もし洞窟が崩れていたら、みんな生き埋めになっていたかもしれない。生き埋めにならずとも、大きな落石が頭に当たったり、深い切れ目に落ちてしまっていたら、大事《おおごと》になっていたはずである。そんなことをあれこれ思うと、そう易々と洞窟には入れない。

先ほど、みんなの前でもう一度洞窟に入ろうと言ってしまったが、「二度とは虎穴に入るまい」と、その時は内心そう思ったのであった。

私たちが穴の中に入って二週間ほど経った頃、「綺麗な石を観たい」と言って、戸津井村から五人の者が仕事場にやって来た。五人とも私より年配の人たちで、それぞれ片手に長いロウソクを持っていた。

「監督さん、たいそう綺麗な石があると噂で聞いて来たんやが、ちょっと、わしらにもその石見せてもらえんやろか」

仕事場に来ている誰かから聞いたのであろうが、私も誰にも言うなとは言っていなかったので、話が広がることは必然であった。

「あるにはあるんやがなあ、いや、綺麗な石は綺麗な石やがのう、洞窟の中危ないし、洞窟崩れたら終わりやで」

「おーわかってる、わかってる」と、私の忠告をまったく意に留めずといった口調で一人の男がさらっと言った。

「はてさて、どうしたものか」と、しばらく思案する私。

もし、私が彼らの洞窟入りを許して怪我でもされたら、いったい誰がその責任を取るのか、当然それは私ではなかろうか。そう思った私は、「皆の衆、まこと申し訳ないが、わしの一存では決めかねるんや。一度、責任者に聞いておくんで、今日は諦めてもらえんやろか」と、丁重に断った。

「責任者って、おまえさんと違うんかい？」

「いや、わしはただの雇われの身ですわ。ここの持ち主、社長さんに一度相談しとくんで」と私が言うと、「勝手に人の山入ったらあかんと言うんか！　山の穴でも住居侵入の罪になるんかい？」と、怒りを露わにした。

「すまんことです。申し訳ないことです」

「何が監督や、甲斐性《かいしょう》なしが！」と、最後にそう捨て台詞を吐き、五人組は帰って行った。

「監督、実はわし、家で嫁やみんなに綺麗な石のこと、話してしもうたんや」

「あー、わしも話した」と、多くの者が家の者に話したと言い出した。

「わかってる、わかってる。みんな当たり前や。わしも家で嫁さんに話したんやで」

と、彼らの気まずそうな顔を見ながら私はそう言った。

その二日後、また戸津井村から三人連れの男たちが綺麗な石を見せてほしいと言ってやって来た。私はその時も、先日と同じような理由を話して、その者たちの入洞を断ったのである。そしてその後も、戸津井村の西隣の小引村や私の住んでいる衣奈村などからもちょくちょくと石を見たいとやって来たが、その都度、私は断った。

「早いうちに一度社長とこ行って、事のしだいを話してこうか?」と、私がみんなに問いかけた。

「監督、そうして貰えるかい?」と、みんなの意見がまとまったところで、私は社長に洞窟の話をするため、社長の屋敷に行くことにした。

午後の仕事を私だけ早く切り上げ、八つ刻頃に仕事場から直接社長の屋敷へ向かった。

私の住んでいる衣奈村を過ぎ、以前に一年余り通った道を懐かしい思いに駆られながら、急ぎ足で社長の屋敷を目指した。

「おー元か! おまえ今頃現れてからに、今日の仕事は一体全体どうなってるんや?」と、社長にいきなり叱られた。

私は、発破の後に突然大きな穴が現れたこと、その穴の中に仕事中にみんなで入ったことも包み隠さずに話した。

「ようそんな真似してくれたなあ、その分はしっかり給金から差し引いとけ!」

綺麗な石のことと、その石を見せろと言ってくる人の話もしたのであるが、社長はそんなことにはまったく無関心で、勝手に仕事を遅らせたことへの腹立たしさだけが頭を過っているかのようであった。

社長の奥さんがお茶を入れてくれた。冷たい麦茶であった。私は仕事場から此処に来るまでの約一時間半、休みなく歩き続けてきたので、湯呑み茶わんの冷たいお茶を一気に飲み干した。

「元やん、今日はどんな風の吹きまわしなんや？」と、奥さんが私に笑顔で尋ねる。

私は二人の前で洞窟のことや綺麗な石のことを再び話した。

「そんなに綺麗な石なんかえ？」と奥さん。

「あんた様は、本当に見とうないんかー？」

「そんなもん見ても、一銭の得にもならんやないか」と、相も変わらず銭勘定といった言葉を口にする社長であったが、その話し方がどうにもわざと悪ぶっているかのようで、私は少しおかしくなってきた。

「あんたが見たないって言うんやったら、私が息子連れて見に行ってくるで。そんなに綺麗な物、見やんで死んだら一生の損や！」と、奥さんは言って社長の顔を斜め下から覗いている。

「そうよなあー、そこまで言うんだったら、いっぺん拝ませて貰おうやないか！」と、口の右側半分だけをやや吊り上げて社長は言った。

「やっぱり、社長の扱いは奥さんには敵わない」と私は思った。

こうして、近日中に社長が洞窟を見に来ることになり、社長が来るまでは、誰一人として洞窟に入らせてはならない。断る理由は適当に考えろと言われ、西の空が夕焼けに染まりだした頃、社長の屋敷を後にした。

気になっていた若い番頭たちは、この日は外仕事の手伝いをしていると聞かされ、彼らとの再会は叶わなかった。

山道を少し上った海一面が見渡せる崖の上、そこに鎮座《ちんざ》する大きな石。以前、仕事の帰りには必ずこの石に座って海を眺めたものであった。

しばらくぶりにその石の上に腰を下ろし、「ここの夕日も本当に綺麗や」と、まずはひと言呟く。そして、胸ポケットから巻きたばこを取り出して一息吹かす。

「戸津井も今頃夕日が綺麗やろなー、あいつらまだ仕事してるんやろか」と、ふと仕事仲間たちの顔が浮かんできた私であった。

次の日、近々社長が来ることをみんなに告げた。

「社長さん来たら、みんなで一緒に洞窟へ入るんかい？」と大田原さん。

「いや、社長のことやから、どうせ仕事をさぼるなと言うに決まってる。社長が一人で来るんかどうかわからんが、洞窟の道案内はわし一人で十分や」と、言ってみんなの顔を見渡すと、誰もが不満げな顔を浮かべている。

「いや、社長しだいやがなあ。社長がみんな入っても構わんってゆうたら、みんな一緒に入ったらええやろ」と、慌てて私はそんな言葉を付け添えた。

三日後の昼過ぎ、社長が息子の若旦那を連れて仕事場にやって来た。奥さんはあの日は「見たい」と言っていたが、やはり社長を来させるための口八丁であったようである。案の定、社長は私以外の者は仕事を続けろと言い、結局私以外のもう一人を加えた四人で洞窟に入ることになった。先頭は、この前に入った時と同じ山本で、次に社長、そして若旦那が続き、四番目に私が洞窟に入って行った。

前の時と同じように長いロープと個人用の短いロープを使う。ロウソクは一昨日に雑貨屋に置いていた一番長いものを選び、もしものためにと十本入りの箱を三つ買って用意していた。

洞窟内に入りしばらく進むと、例によってコウモリの歓迎を受けた。山本の進む速さに「おーい山本、少し速いぞ！」と、私はたまらずそう言った。一度入ったことで、障害物の有無などおおよそわかっていた山本は、以前に入った時とは比べものにならないほど速く進んで行くからであった。

あの場所、そう、あの広間にたどり着いた。

「確かに綺麗や」と、社長が一言絞り出すように言った。

「元やん、絶品やないか！」と若旦那。

私と山本は二度目であり、わかっていたことではあったが、今回もその素晴らしい眺めに暫くは言葉を失っていた。

「社長さん、もうぼちぼち戻りましょうか？」と私が言った。

私が先頭で出口に向かって歩き出した時も、社長と若旦那は名残惜しそうな仕草で二度三度と後方を振り返っていた。

私が外に出てくると、蜘蛛の子を散らすかのようにみんなが自分の持ち場に走り出して行った。どうやら、私たちのことが気になり、洞窟の入口付近で中の様子を窺っていたようである。

「監督、なるほどようわかった。見たいやつには見せてやったらええ」と、社長は思いもよらぬ言葉を口にした。

「ただし、今度誰かが見せてくれと言ってきたら、何かあっても責任は一切取らんと言って、その内容を相手に一筆書かせておけ。それで入って怪我でもした日にゃ、己が悪いんや。それと、暫くは穴の近くで発破を使うな。穴が塞がってはいかにも勿体ない。発破使う場所はまだまだいっぱいあるやろ」

こうして、洞窟の見学は、一応させても良いことになった。

その後当分の間は、近隣の村では洞窟に入れないという噂が広まっていたためか、見学者は一人も訪れなかったが、八月の上旬に二人連れの男たちが洞窟に入りたいとやって来た。どこの者かと尋ねると、遠く和歌山から汽車で来たと言っていた。その二人はいずれも学者風で、筒の形をした明かり取りの道具と方位磁石のような物を手に持ち、肩にかけた鞄の中にスケッチブックや一尺ほどの物差しなどを入れていた。

「あなたが此処の責任者さんですか？」

「はい、わしが責任者ですが」

「私は和歌山の尋常小学校で教諭をしている橘《たちばな》と申します。もう一人は私の従兄弟です。今日は是非とも洞窟の中を見学させて貰いたいと思ってやってまいりました」

と、上品な語りでそう言った。

「橘さんといいましたかのー、洞窟に入っても構わんが、もし怪我などしてもわしら責任よう取らん。そこらを汲んどいてほしいんやが？」

「勿論！　あなたのおっしゃるとおり。私たちは自己責任で入らせて貰います」

その後二人には、「洞窟に入っている時に起こった事故のその責任を山の持ち主やその関係者に一切問いません」といった旨が書かれている私が即席で作った誓約書に、日付、住所、名前等を書いてもらった。

「監督、今持ってた筒のこと懐中電気と言うんやろ？」と、坂本が言ったので、「たぶん懐中電灯や」と私。

二人の帰りは相当遅かった。一時間は優に過ぎていた。二人が無事に戻ってきたことに胸を撫で下ろした私であった。

「有難うございました。おかげで素晴らしいもの見ることができましたよ」と、橘と名乗る男は言って、深々とお辞儀して帰って行った。

それから、しばらく経って三人連れ、また二人と、ちょこちょこ見学者が来るようになりだした。

十月頃にもなると、毎日のように見学者がやって来るようになり、地元の戸津井村はもとより、隣の小引村や私の住んでいる衣奈村からも大勢押し寄せてきた。翌年になると、大阪や隣の奈良県《ならけん》から来たという者も現れだした。私は見学者が来る度に、必ずその者たちに危険が伴う旨を告げ、怪我などした時のその責任の所在を明確にし、誓約書の後ろに必ず名前などを書いてもらったのであった。

喜びも悲しみもこの地で

今日もこの道を上ってきた。私が勝手に思っている一人の友。小引坂に入って直ぐに現れるお地蔵様がいつものように迎えてくれた。

「今日も無事であるように」と一声かけた後、「今日は少し長話しさせてもらうで」と、言いながら地蔵の正面に腰を下ろした。

「実は地蔵さん、もうすぐあんたとは、しばしのお別れや」

近々私は引っ越しをするのである。今住んでいる借家は、台所以外に四畳ほどの一間だけしかなく、子供たちが大きくなったことでどうにも手狭になってきていた。しかし、それよりも何も雨漏りが酷いのである。どのみち自分の家ではないので、これたいそうな修理をする気にもなれず、今は屋根瓦の上に茣蓙《ござ》を重ね置きなどして、急場をしのいでいる。

家賃はただ同然でその分は有難いのであるが、最近は寝間にも雨漏りがするようになり、寝る時は、雨漏りの場所を避けて家族五人が体をすり合わせ寝ているありさまである。

雨が降り止まぬ日は、雨漏り用にと畳に置いている鍋などの器にトントンと雨水の落ちる音が鳴りやまない。いずれは自分の家を建てたいと思っているが、まだまだ懐具合がままならず、もうしばらくは借家住まいが続きそうである。

上の娘は尋常高等小学校の二年生、下の娘は今年の春に小学校に入学する。三番目の長男は二歳を過ぎてちょこまかと動き盛りである。少し前から手頃な借家がないかと何人かの知り合いに頼んでいたところ、ようやくそれ相応の物件が見つかったので、学校が休みの明後日の日曜に、仕事を一日休んで家財道具を新居に運ぶ予定にしているのである。

家財道具といっても、大きな物といえば二組の布団と台所の卓袱台《ちゃぶだい》だけで、あとは煮炊きする鍋や食器類などの細々とした物と数少ない衣類ぐらいである。

引っ越し先は、私が仕事に来ている戸津井村であり、この村のすぐ近くには衣奈尋常高等小学校の分校にあたる「小引分校《こびきぶんこう》」があり、娘たちはそこの分校に通わせることになる。ただ、分校には高等科がないため、上の娘が四年生を終えるまでには衣奈村に戻りたいと思っている。よって、今度の引っ越し先は二年ちょっとの仮住まいの予定である。

「地蔵さん、引っ越してもたまには飯でも持って来るんで、わしのこと忘れんといてくれるかい？」

何も言ってくれない地蔵であるが、「お前も達者で頑張れ」と、きっとそう言ってくれているに違いない。

戸津井村に住むようになり、仕事場までの道のりが近くなり、その分は楽になった。そしてそのことは、少しだけではあるが、家族といられる時間が長くもなった。陽が短い時期はそうでもないが、三月頃から十月頃までは、朝の六時頃に家を出て、帰りは夜の七時頃である。もっとも、六月や七月ともなれば、朝は子供たちがまだ寝ている間に家を出て、夜に帰ってくるのはたいてい八時頃、帰った頃には子供たちはすでに寝ており、遊んだり話をすることもできず、寝顔だけをこそっとみるだけの日が多くなるのである。

時々、仕事場の連中が私の家に顔を出すようになった。

仕事場には現在二十三人の者が働いており、その大半が戸津井村に住んでいる。戸津井村以外になると西隣の小引村から四人、私が前に住んでいた衣奈村からは私が戸津井村に変わったことで一人になった。よって、戸津井村の人間は私を入れて十八人というわけである。

仕事帰りに私の家に立ち寄ってゆく者もいれば、雨で仕事が休みの日に「みさゑちゃん、こんにちは。英ぼう、こんにちは」と、子供たち誰かの名前を挨拶の一文句に使いながら来る者もいたりする。私はその訪問者たちからいつも楽しい時を与えて貰い、たとえ途中で妻が、「早く帰ってもらえ」と苦虫を嚙み潰したような顔で言ってきても、とぼけたことを言ってはそれをはぐらかせ、長々と男同士のしゃべくりを丸半日は楽しむのである。「おっと、もう昼や！　もうこんな時間か、そろそろ晩飯の時間やなあー」と、どうやらそれが退散する時の決まり文句になっていたようである。

私が後に自分の生涯で一番楽しかった頃と振り返る戸津井村での借家住まいは、予定より半年ほど早く終わった。私の新居が完成したからである。

戸津井村に住みだしてから一年が過ぎた頃、衣奈村に家を建てることにした。当然、それに掛かる費用はまったくもって足りてはいなかったが、兄がその大半を肩代わりしてくれたのである。

兄は、私が戸津井村に定住しまいかと相当気にしていたようで、「早く衣奈村に帰ってこい」と、再三再四、私に催促してきていた。いずれにしても、子供たちの学校のことがあったので、この際と思って決断したのであった。

「兄やん、借りた分はぼちぼちに毎月返していくんで、それで勘弁してもらえるかい？」

「おー、銭のことは気にせんでええ。お前もこれから子養いやら大変やろうし、有る時払いの催促無しでええ」

「おおきに、兄やん」

「それはそうと、わしが銭出したこと、わしの嫁さんにも子供らにも話してはない。お前から奴らに銭のこと話したらいかんぞ」

「こんな大金、ばれてしもうたら、えらいことになりはせんかの｜？」

「あほ、わしら二人が黙ってたらええだけのことやないか。わしは死ぬまでこのことを話しはせん。もし、わしが死んでも絶対にお前は知らぬ存ぜぬを通さんといかんぞ！　それですべて泡となる。わしらたった二人の男兄弟やないか」

「兄やん、わしは兄やんだけが拠《よ》り所や、長生きしてくれるかい」

「勿論、そのつもりや！　わしのことよりも、これから吉村元兵衛は一国一城の主《あるじ》や。あまり無理せんとぼちぼち頑張れ」と、兄は私に励ましといたわりの言葉を掛けてくれたのであった。

　新居への引っ越しがひと段落した後、床の間がある奥の間に大の字に寝そべる私。目に映る天井には浸《し》み一つなく、新しい畳の匂いが心地よい。そのまま右側に目をやると黒く光沢のある欄間《らんま》、反対側に目を移していくと縁側に西日が差し込んでいる。

私はすくと立ち上がり、縁側に腰を下ろした。

「思ったより広いじゃないか、八畳はあるやろ」と、庭を見渡しながらぽつりと呟く。

縁側の外に幅三尺（約九十センチ）ほどの犬走《いぬばしり》が玄関のすぐ近くまで続いており、その犬走と塀垣までの間には白く艶々《つやつや》とした小石が敷かれている。玄関左端の手押しポンプの前に置かれている水瓶《みずがめ》に目をやり、「水瓶の周りには水仙《すいせん》を植えよう。そうそう、あの白い小石の真ん中に松でも植えるとするか」と、西日を浴びながら自分だけの時間を楽しむ私であった。

新居に住みだして二年が過ぎた頃、四人目の子供が生まれた。今度も男子であり、名前は俊明《としあき》とした。妻と二人で相談し、明るい将来が待っているようにとの願いを込めてそう名付けた。

しかし、この俊明は二歳を前にその命を落とすことになったのである。

まだ片言しか話せぬこの幼子が、なぜ命を落とさなければならなかったのか。

俊明は、四人の子供の中でも秀《ひい》でて食欲が旺盛だった。よく乳を飲み、飯を食べるようになってからも、竈《かまど》の灰をついつい口に入れたりと、その食欲と活発な動きを、妻の夏枝もたいそう頼もしがっていたものであった。

亡くなる三週間ほど前から急に夜泣きが酷《ひど》くなり、そのうち起きている時にもぐずぐずと愚図るようになってきた。額に手を当ててみたところ、どうやら熱があるようで、よく見ると顔をはじめ体全体に薄っすらと赤い斑点《はんてん》ができていた。二、三日もすれば斑点は治まるだろうと思っていたものの、一週間経っても治まらず、いや、治まるどころか全身の斑点が大きな面皰《にきび》のように膨れ上がり、それらの至る所から膿《うみ》が垂れ流れ、高熱もいっこうに下がる気配がなかったのである。

ぐったりしだした俊明を私は背に背負い、隣の由良村の医者に診せに行ったのであるが、その時は医者から二種類の薬を渡され、その薬を飲ませてしばらく家で様子を見るようにと言われただけで、何の病気やらも聞かされず、不安な日々が続いたのであったが、その不安が悪いほうに出て、医者に診せてから六日後、俊明は息を引き取ったのである。

妻と私の寝ずの看病が数日続いた後、いまわの際《きわ》にか細い声で「父《とう》やん、母《かあ》やん」と言い残し、私の大切な息子はその幼い心と体のまま黄泉の国へと旅立って行った。享年一歳と三百十一日、あまりにも短い生涯であった。

「嬉しいこともあれば、悲しいこともある」と、何度も自分に言ってやった。

「いつになったらお前の心は晴れるのか？」と、もう一人の自分が悲しみに打ちひしがれ続ける私に問いかけてくる。

「もう二度とこんな悲しい思いはしたくない。したくないんや！」と、いつしか私の心の友となっていた小引坂の地蔵菩薩に話し掛け、今日も仲間の待つ仕事場に向かって坂道を上り始める私であった。

昭和十七年、私に三人目の娘ができた。次男の俊明が亡くなってからもうすぐ五年になる。長女は十八、次女が十六、長男の英一は十一歳になっていた。私に至っては四十五歳を過ぎ、若い若いと思っていた妻の夏枝も四十路を迎えようとしている。

妻が「今度の女子はまっこと可愛いわー」と言ったので、美しいの字を入れて「美《み》恵子《えこ》」と名付けた。

「わしもこの子のためにもう一頑張りせんといかんなー。

そうともなあ、わしは一家六人の大黒柱や。体の続く限りやってみせる。生涯現役で終わってみせるで」と、両二の腕に力こぶを作った途端、体の奥底からみなぎる力が湧いてくることに私は気づいたのであった。

守るべきもの

洞窟の入口が開いてもうすぐ十年になる。数カ月前から見学者のなかで洞窟から氷柱の形をした石を取ってくる者が現れ始めた。そして、その後も次々と、ノミと金槌《かなづち》を使って綺麗な石を削り取ってはそれを家に持ち帰る者が後を絶たなくなったのである。

明るい場所で改めて見たその石は、洞窟内で見た時と比べると遥かに劣って見えたが、これほど光沢のある石はそんじょそこらで拝めない。しかし何よりも、洞窟の天井から隙間なしに連なっているさまをロウソクで映し出した時の幻想的なきらめき。思考が止まり時間が止まる。嬉しいと思う感情よりもむしろ、まるで憂《うれ》いを纏《まと》っているかのような悲しみや淋しさに似た感情を私は思い起こされたのであった。

「石を取って帰ってなんとする?」と、何人かに尋ねると、「床の間にでも飾っておくんや」というのが大方の答えであった。

昭和二十年、戦争の真っただ中にもかかわらず、洞窟の見学者が後を絶たない。露骨に石を取りにきたという格好で来る者もいた。リュックサックを背負い、洞窟から出てくるとリュックサックが膨らみ、重そうな仕草をしている。「どんだけの石を取ったんや！」と舌打ちすることもあった。この数カ月間で、どれだけの石が見学者たちによって削り取られてしまったことであろうか。

ある日、仕事が終わりに近づいていた頃、私が一足早く事務所に来て帳面を付けていると、山本が息を切らして事務所に飛び込んできた。

「監督―、いま、ちらっと、洞窟の入口付近を覗いてきたんやが、もぬけの殻やったぞー」

「何が殻なんや？」

「石や石！」

「意味がわからん。順序立てて話してくれんか？」

「入口からちょっと入った辺りにあった尖った石、全部取られてしもうたんや」

「山本！　洞窟入ったんかい？　どこら辺りまで入ったんや？」と、つい声を荒げてしまった。私は取り立てて山本に苦言を言うつもりはなかった。ただ、その行動に少し驚いたのであった。めったに見せない私のそんな口調に、山本の顔から血の気が引いていくのが見て取れた。

「へー、監督すんまへん」と、山本は憔悴した顔でしばらく黙り込み、そのまま俯いてしまった。

普段から私は、彼らを一度も叱ったことがなかったし、その必要もほとんどなかった。危険を予知する能力は、彼らのほうが私より数段長《た》けている。特に以前縄梯子に登っていた連中は、幾多の危うい場面を経験しながらも、それらを切り抜けてきていたからである。私が今日まで無事に仕事を続けてこられたのは彼らたちのお陰であり、彼たちには感謝はしていても、悪く思ったり腹立たしく思ったことなど一度もなかった。

「いや、山本。済んだことをとやかく言うつもりは毛頭ない。無事で良かった。それですべて御破算《ごわさん》じゃ！」

「すんません、監督」

「それで？　話の続きを聞こうやないか」

「わし、ロウソク持ってたんで、一人でこそっと洞窟入ってしまったんや」

「おー、そのことはもうええから続きは？」

「深い穴があったやろ。あの手前まで行ったんやが、そこに行くまで天井からようけ尖った石が垂れ下がっていたやろ。あれ、きれいさっぱりなくなっていたんや」

「そうかー、やっぱりそんなとこか」

「監督、このままやったら、ほれ、みんなで座ったあの広間、あそこの石も全部猫ばばされてしまうで」

「そうやなあ、そうなるかもしれんなー、考えんといかんなー」と私は言って、しばらく山本と顔を見合わせた後、

「一度みんなで相談しようか。今日はもう仕事終わるんで、明日の昼休憩にでもみんなで相談してみよか?」

「そうしょう、そうしょう、監督」

さっそく、あくる日の昼の休憩時間、昼飯を食べながら取られ続ける石の件をみんなで話し合った。

「何かいい手立てはないものか?」と、みんながみんな口を揃えて同じことを繰り返し言ってはみるが、話はそこから進まない。

「まあ、しばらくみんな考えておいてくれ。何か妙案浮かんだら言ってくれるかい」と、その時はそこで話が終わった。

妙案といっても、それほど策があるわけでない。見学者を洞窟の中に入れないようにすること。これは当然、社長に伺いを立てねばならないし、仮に入口の周りにロープを張り、禁止の札など立てたとしても、これだけ広く世間に広がってしまった綺麗な石の噂、誰もいなくなった夜にでも、こっそり忍び込む輩《やから》がいないとも限らない。そうなれば、石を取るや取らぬより身の危険のほうが私には気がかりになってくる。

洞窟に入らせても絶対に石を取るなと言っておくこと。しかし、取るなと言ってお

いても取る者は取るであろうし、いちいち我々が他人様の荷物検査をすることもいかがなものか。それに、たとえ取ってしまった後に見つけても、それを元通りにする術《すべ》がない。

実は、見学者が取った石のことで、以前に少なからずいざこざがあったのである。その張本人はたいてい山本であった。

山本は、もりもりとリュックサックに石を詰め込んでいた人に「そんなに取るな」と言ったところ、相手方が、「みんな取ってるやろに、なんでわしにだけ取るなと言うんや！」と、たいそうな剣幕で食って掛かってきたようである。

その後は、売り言葉に買い言葉、お互いが相手の胸ぐらを掴み合い、一触即発な事態になったのである。少し離れた場所で二人の怒鳴り声に気づいた私は、慌てて二人の間に入って両者の手を解いた。そして相手の者に平謝りしたのであった。私の傍では、憤懣《ふんまん》やるかたないといった表情で微動だにせず仁王立ちし、私を挟んで相手を睨みつけていた山本であった。

その後相手は、私の仲裁にこれ幸いとすんなり引き下がり、そそくさと帰って行った。山本にあれだけ睨まれもすれば、誰だって直ぐにでも逃げ出したくなるのは当然である。

山本とくれば、背は私ほどではないが、それでもかなり高いほうである。私と違ってがっちりとした体格で、眼つきも鋭く精悍《せいかん》な顔をしている。小学校で教わった戦《いくさ》の世であれば、さしずめ一騎当千の強者《つわもの》といったところであろうか。ここの仕事場に来るまでの彼の武勇伝を、私は幾度となく本人や他の者からも聞かされていた。

「己のことで腹立ててるうちは、まだまだ尻が青い、くちばし黄色いで。誰かのために腹立ててこそ男前や！」と、私は山本に言ったことがあった。

その時の山本は、「まことに、監督の言う通りや！　わし今日からめったなことでは癇癪《かんしゃく》起こさへん。わしは弱い者の味方や」と言っていた。

そんな山本がつかみ合いの喧嘩になろうとは、よほど以前から石を取られることに腹を立てていたのであろうと、その時私はそう思ったものであった。

「監督、なんで止めたんや？　なんであんなに謝ったんや？」と、山本が言ったので、私は、「あのままほっといたらしまいに殴り合いになる。そうなったらお互いが痛い思いするだけやし、いつまでも根に残るんと違うかい？　喧嘩なんぞしても何の得にもならんの違うかい？」

「それはそうやが……」

「山本の腹立つ気持ちようわかる。わしもそうやし、みんなも腹が立ってる」と、私は彼を宥めるようにそう言ったのである。

「いっそ、いっそのこと」と、ふと私に妙案が浮かんだ。

しかし、「これが妙案か？　ややもすれば愚案になりかねないが？」

何日か過ぎたある日、誰かが、「いっそ、入口塞いでしまうか？」と言った。

「塞ぐって、どうやって塞ぐんや？」

「そら、土や石など詰めたらええんと違うかい？」

「土詰めるってゆうても、何処にそんなたくさんの土あるんや。まさか地べたから掘り出せとでも言うんかい？」

「土や石ころやったら、ほれ、あそこにようけあるで」と、青木《あおき》が遠くを指さしながら言った。青木が指先す方には、以前トロッコのレールを敷くために整地した時に出た石や土が、小山のように今も積まれたままであった。

「囲いを作ったらどうや？　囲いやったら山の木切ってきて紐で括ったらええんと違うかー」と、いつの間にやら洞窟を塞ぐ話が一人歩きを始めていた。

「おい、ちょっと待ってくれ」と、私が話を遮った。

「洞窟の入口塞いでしもうたら、わしらも二度と入れんようになるんと違うんかい？」

塞ぐと最初に言い出した者は、「はっ」とした表情の後気まずそうな顔を浮かべている。

「いや、わしはそうそうみんなの意見に反対せん。反対はせんが、みんなも入れんようになることだけは、思っておいてほしいんや。そうなっても構わんと思って塞ぐんやったら、その手があると言えばある」

　先日、私がふいに思いついた妙案とは、まさしく洞窟の入口を塞ぐことであり、その後すぐ、ここのみんなが入れなくなってしまっては、それは最低の愚案だと思い直したしだいであった。

　しばらく続いた沈黙を破り山本が、「わしには未練はない！」と言った。

「おー山本、お前と監督は二度入ったからなあー」と誰かが言った。

「そういうことやない！　せっかくの山の神からの授け物なんや！　わしはそれを守りたいだけなんや」と、それはそれは粋なことを言った山本につられ、思わず私も、

「わしもそんな思いや」と、感情に任せてついつい本音を口にしてしまった。

「ようわかった、監督さん。わしもちょっとは淋しい気もするが、それがええかもしれん」と村岡さん。

　周りのみんなを見渡せば、それぞれが、「うん、うん」と頷いている。

「自然の物をおいそれと壊しちゃいかん。天地の営みを、その行く末を曲げてはいかんということっちゃ！」と、村岡さんがわざと崇高な言葉を持ち出したように言った。

「みんな、そういうことでええんかい？」と、私がみんなに問いかける。

「おーそうしょうか」

「おーわしもそれでええ」と次々に答えが返り、そして全員が賛成した。

「監督、そうと決まったら一日でも早く洞窟の入口を塞ぐことにしようやないか？」と誰かが言ったが、私は社長に無断で行うことなど到底できないと思い、「社長が何と言うか、とにかく社長の了解貰わんといかんから、今からでも社長とこ行ってくる。今日の仕事もこの分やったら、どれほどもできんやろ」と、先ほどから降り始めた大粒の雨を両方の掌で受け止めながら私は言った。

「監督、この雨に行くんかい？」

「おー、今から合羽着て行ってくる。午後からの発破はもう無しや。みんなは朝の残りを片付け終えたら帰ってくれ。あ、そうそう、塞ぐ方法は囲いを作ることで良かったかいなー？」

「あーそれでええはずや」と村岡さん。

「囲いに使う木は、あの辺りから調達することにしょうか」と、私は石灰山の南側にそびえる山の中腹辺りを指さしながら言った。その辺りには杉の木などのまっすぐな立木が多く茂っていた。

「勝手に木を切ってもええんかのう？」

「いや、あそこら辺も確か社長の持ち山や。そのこともついでに話してくるで」と言い終え、早々に仕事場を後にした。

「理由が足りない」と、どうしてもそう思えてくる。

「綺麗な石を守るためという理由だけで、果たして社長の首が縦に動くのか？」と、社長の屋敷に向かう道中で思い始めた。そして、幾つかの腹案を秘め社長の屋敷に到着した。

私は社長の部屋で、洞窟の入口を塞ぎたいことを社長に告げ、その理由を話した。

「もう入口辺りの石はほとんどなくなっております。このままやったら、社長と一緒になって見惚れたあそこら辺の石も時間の問題やと思っとります」

「取りたい奴らには取らせてやったらええだけの話や」

「いや、わしらみんなの意見としては、あんなに素晴らしい景色をみすみすなくしてしまうことが、どうにも心苦しゅう思えてなりませんのや」

「ほー、話はそれだけか？」と社長。やはり、このままでは社長はうんと言わない。

「それと、発破をする時は洞窟に誰も入っていないかいちいち確認せんといかんですし、日曜ともなると人が辺りを行き来して、そいつらが仕事の邪魔になってしょうがないんですわ」

「なるほどなあー」

「一番気になっていることは、人が洞窟に入っている時に洞窟が崩れてしもうたら、えらい騒ぎになってしまいますやろ。いくら自分の意思で入ったからゆうても、現場監督としての責任まったくないんかと思えるんですわ。もし人が生き埋めになって死んだりしたら警察沙汰にもなりかねません。そうなれば一筆書いてもらっているとはいえ、どうにも分が悪いようで、私もただでは済まんと思うし、ひいては事業主である社長にも責任掛かってくるんと違いますやろか？」

「うーん」と、腕を組みながら目を閉じて思案に時間を費やす社長。

「よし、塞いでしまえ！」と、目を見開くと同時にそう言った。

「ただし、明日に掛かれ！　まる一日あったらできるやろ」

「いや、ここんとこ天気が悪いんで二、三日貰えませんやろか？」

「二日も三日も仕事を休むと言うんか？」

「はー、なにせ木を倒したりするんに慣れてないもんで」

「よし、三日やる。三日間休みにするんで、その間に綺麗さっぱり穴の入口を塞いでおけ！」

「おおきに、社長さん」

「しかしなあ、明日から雨が続くかもしれんぞ。なー元、はっはっはー」と、社長は私の表情を窺いながら最後に大声で笑った。

社長の魂胆はすぐにわかった。雨が多いこのところ、さほど仕事が捗らない。社長は明日からの天気が悪いことを見越したうえで、三日間の猶予をくれたのであろう。

さっそく、次の日から洞窟の入口を塞ぐ作業に取り掛かった。

最初の日は、どんよりと曇っていたが雨は降っていなかった。

まず、仕事場である石灰山の麓にみんなで座り、作業の段取りを話し合った。

「監督、どうせ囲い作るんやったら、誰も絶対に入れんような、どえらい上等なもん作ったろやないかー」と坂本。

「当たり前やないか、坂本さん。日本一頑丈な囲い作ってくれるわい！」と言った矢原に向かって、「蟻一匹も通さんってか？」といって笑い出した坂本。

いつものように二、三度冗談を言い終えた後、必要と思える道具を見繕い、いざ、目的の山に向かって歩き始めた。しばらく進み、先頭で歩いていた私が後ろを振り向きこう言った。

「みんな、くれぐれも怪我のないように気を付けてくれ。全員無事で戻ってこようじゃないか」

「もちろんそうや監督。何度も言わんでええ、みんなちゃんと心得てるで」と、山本が待ってましたとばかりに言ってくれた。

目的の山のすそ野に到着した。連日の雨で山の足場がぬかるみ、かなり滑りそうであった。先に登って行く者の落石には十分注意をしなければならない。

「囲いに使う木の幅は五寸《ごすん》（一寸は約三センチ）ほどがええやろ。二組の間隔は七丈

（約二十一メートル）ほど取ってくれ。それと、」と、私がそこまで言った時、すぐ横にいた山本が私の話を遮った。

「監督、寸はまだええが、丈はややこしい。今時はメートルが多いで。それに目方も今度からキロでいってくれるかい。なあ、みんな」

「よし、わかった。今日からはメートルでいくとするか。山本、あんまりわしのこと年寄り扱いせんといてくれるかー」

山本の言うキロやメートルは、かえって私にはややこしかったが、若いもんがそうしろと言うからには、私もそうせざるをえなかった。

そして、今度は山本が先頭で山裾から急斜面を登り始めた。時刻は午前の七時頃であった。

「おーい、山本。もうここらでいいぞ！」

「そうかいなあ？　あんまり上に行くと危ないし、下ろすんが大変になるしなあー。よし監督、ここら辺りで始めるかい？」と、山本……。

約束

洞窟の入口を塞ぐ作業の初日、囲い用の木を調達するため、早朝から仕事仲間全員でこの山に登ってきた。幅十五センチほどの大木を切り倒した後、その枝を削ぎ落とし、山の下まで滑り落とすのである。山は急こう配であるが、倒した大木がより滑り落ち易くするため、ところどころの細い立ち木を切り倒しながら登ってきた。今いる場所にたどり着くまで二時間はかかっている。そして、ここから一番大変な作業が待っている。大木を切り倒すこと、それはとても危険が伴うからである。私は唯々、日々採石業で培った危険予知の能力と安全第一の精神で、そんな危険から「絶対にみんなを守るんだ」という強い気持ちを持っている。

本来、仕事場には二十五人の働き手がいるのだが、今は戦時中で、十人がその戦場等に駆り出され、今回は残っている十五人での作業となる。

十五人を約二十メートルの間隔で二手に分けている。私の組は八人、反対の組は七人とし、反対側の組には私より二歳年上の向山《むこうやま》さんに付いてもらっている。向山さんは、豊富な知識もさることながら、なによりも落ち着きがあり、物事を慎重に進める性格なのである。山に登る前、向山さんと安全な方法について確認し合い、お互いくれぐれも怪我のないようにと話し合った。

　ノコギリを挽いている時の身の安定と滑落を防ぐため、自分の腰に巻き付けたロープを、約五メートル離れた立木に括り付けた。五メートルと少し長い距離を取ったのは、万が一にも切った大木が自分の方に倒れてきた際、逃げる方向とその距離が制限されないことを優先させたためであった。切った大木が倒したい方向にうまく倒れてくれるのか、何の知識も経験もなく、手探り状態である。

「よーし、今から切るぞ！」と、何をするにも一番先に始めようとする山本が、片手を大きく振りながら反対側の組に大声で合図した。

「おー、こっちも切り始めるぞー！」

「気をつけろよー」

「ゆっくりでいいからなー」

「あんまり意気込んで、すぐにばてるなよー」などと、しばらく双方から飛び交っていた声もやがて静まり、その後の作業の成り行きを、私は少し高い場所に一人で移り、俯瞰《ふかん》の目で見守った。

　こうしてなんとか二十数本の大木を切り倒し、それを地上まで滑り落とした。辺りは薄暗くなっていた。

「今日はここらで終えよかー、みんなよう頑張ってくれたなあ」と、全員が山の麓に下りてきたのを確認し、私はその労をねぎらった。誰もの顔や首筋は擦り傷だらけであった。今日の作業はこれで終了し、明日からは地上での作業となる。

とにもかくにも、一番危険な作業を大きな怪我なく無事終われたことに胸を撫で下ろし、「有難いことや」と心で呟《つぶや》いた。

次の日、雲が低く垂れ小糠雨《こぬかあめ》が降っていた。ここのところ、三日に二日は雨である。まだ薄暗い足が滑る山道を上り下りしながら三十分ほどで現場に到着した。すでに数人の者が今日の作業を始めている。みんなが揃うのを待ち切れず作業を開始していたのである。

仕事場の連中はみんな仕事熱心である。いや、熱心というよりも、いつも「俺が人の分までやってやる」といった奴らなのである。

「酒井、すまないなあー」

「中島、猪又、室根、早くからご苦労さん」と、全員に一声かけ、私もノコギリを挽き出した。

今日の作業は、昨日山から下ろした大木を洞窟の入口近くまで運ぶ。運ぶといっても長さ十メートル以上、幅が十五センチ以上ある大木であり、その重量は相当なものである。

目的地まで約三百メートルの道のり、いくつかの難所が待ち構えている。ぬかるむ崖を登り、水嵩《みずかさ》が増している谷を渡る。道と言っても人が通る場所を「道」というだけのことであり、強靱《きょうじん》な若者が十人寄っても危険が伴い容易に運べるものでない。それで一旦、ノコギリで三メートルほどの長さに揃え、それを四、五人で運ぶ段取りである。

木を運ぶ作業は思った以上に難航した。降り続く雨にずぶ濡れ状態。その状況下で保ち続けなければならない緊張感。途中で何度も雨宿りがてらに休憩した。三畳ほどの仕事場の事務所内に十五人全員が集まり、口数少なく雨の状況を見守る。

昼どきはここで体をすり合わせ、立ったままで昼飯を食べた。季節は春、みんな雨具を着込んでいるが、顔や指先、とりわけ足元がしんしんと冷え、雨足は一層強くなっている。

「監督さん、監督さんよー」と、一人の男がか細い声で私を呼んだ。四度目の雨宿りの時である。

その声の主が山本であることは私には分かっていた。彼は何をするにも勇ましく、いつもみんなの士気を高めてくれている。私にはそんな彼が言いたいこと、その真意を瞬時に察することができた。みんなの体は冷えきっている。彼はそんなみんなのことを気遣い、作業の中止を提言しようとしているのである。

「限界やな」と私はそう思い、なんとか笑顔を作って、「終えよかー」と、両方の手のひらを肩の高さで広げ、「お手上げだ」という仕草をして見せた。

　この作業の猶予は三日間である。今日は予定の半分も捗《はかど》っておらず、明日の天気もわからない。

「明日までにできなければ、その時はその時だ！」と、私は自分にそう言い聞かせるしかなく、二日目はこうして終わった。

　最終日、この日もあいにくの雨模様であったが、ほんのりと暖かかった。昨日よりさらに早く家を出たことで、現場に着いた頃はまだ薄暗かったが、私の到着は最後から二番目となった。

「監督、今日は着替え何枚も持ってきたんで、休憩なしでいけるでー」と、青木《あおき》。

「昨日の分、絶対にとり返すぞー」と、一番背の低い矢原が、みんなを鼓舞するかのように高らかに拳を空に向かって突き上げた。

　本当にいい奴らばかりである。昨日解散する時、今日始める時間のことなど一言も言ってはいなかった。だが、こうしてみんな自分の意思で薄暗いうちから仕事を始めている。

　木をすべて運び終えた頃、ちょうど雨が止んでいたので、外で昼飯を食べた。普段、昼飯を食べる時はいつも私が近くの谷水を汲んでくる。天気が続いている時は谷水は綺麗に澄みとても美味しい。それが夏場ともなれば、魔法の飲み物のように五感に染み渡り、疲れを一瞬にして癒してくれる。しかし、ここ数日は雨の日が多く、谷水はかなり濁っていた。それでも、それは普段からよくあることで、濁った水を飲んだからといって腹を壊すことなどめったにない。飲む水があるというだけで有難いことなのである。

午後からは、運んできた木で大小二つの囲いを作った。大きい囲いは、洞窟の入口から二メートルほど入った位置で、小さいほうは入口付近。それぞれの囲いの内外に石を積み上げて立て掛け、その上に土を被せた。特に入口の囲いには、雨風による浸食で外から囲いが見えることがないよう念入りに大量の土で囲い全体を覆った。今は、白い石灰山のそこだけが色変わりしてその痕跡がはっきり残っているが、長い歳月に草木も芽生え、いずれは周囲と同化してゆくのであろう。

「こうしておけば誰も入れない！」と坂本が言った。

「そうだ、そうだ！　何百年経っても大丈夫や！」と、自慢げな表情で矢原。

「しかし、これでわしらも二度と入れなくなった」と言った山本の一言で、一時忘れていた現実が、疲れ果てた肉体の悲鳴とともに暗く重くみんなの心に降りかかった。

「張本人はおまえたちじゃないか！」と、私は何処からかそんな怒鳴り声が聞こえた気がした。

みんな呆然としている。抜け殻のような表情を浮かべている。作業を始める前から分かっていたことであったが、いざ作業を終えてみて今更ながらに頭を抱える者やへなへなと脱力してその場に座り込む者。

しばらく続いた沈黙を村岡さんが切り開く。

「虹だ！　あそこあそこ。みんな見て見ろ、綺麗な虹じゃないか」と清々しい声色であった。

彼が指さす方向、真正面の海に浮かぶ十九島の上空に、鮮やかに七色の橋が架かっていた。

私たちの沈んだ心を洗い流し、まるで明るい未来への架け橋のように……

私はそう思いたかった。いや、そう願ったのであった。

そして、「いつかまたみんなで一緒に入ろう」と、私は自分に言い聞かせるようにポツリと呟いた。

「ほんまかい？　ほんまに入れるんかい？」と、山本。

「あー、約束しよう。いつになるかわからんがのー」

「約束か？　ここにいるみんなの約束か？」

「そうや、みんなの約束や」

「わしらの秘密の約束や。必ず扉を開いてやるで！」と山本が叫び、そして彼らに少しの笑顔が戻ったのであった。

作業開始から三日目の夕刻、洞窟の入口は完全に人の目から消えてなくなった。

作業を終え、しばらく戸津井港の上空に架かった虹を眺めながら、ぽつりぽつりと言葉を交わす。

「虹って、いくつの色なんや？」と、中島。

「赤、黄、青、いやあれは緑かな？」と誰かの声に、「おい、下のほうは紫と違うか？」と返す者。

洞窟の入口を塞ぐ作業を何とか予定の三日間で終了することができ、そのことへの達成感と安堵感はあった。だが、それ以上に自分たちが洞窟の内に入れなくなったことへの淋しさと無念さ。

「いつかまた一緒に入ろう」と言った私の言葉に、一瞬顔をほころばせた彼らであったが、「そんな日など来るはずがない」と、誰もが薄々そう感じていたに違いない。

土遊びをした後の童《わらべ》のように泥だらけの山師たち。虹も消えたその背景に黄昏が暮れてゆく。

そしてその後、洞窟の存在は、長い歳月とともに人の記憶からも限りなく忘れ去られてゆくのであった。

二度の宴

洞窟の入口を塞いでからもうすぐ一年が過ぎる。塞いでからしばらくの間は、仕事中によく話題になっていた綺麗な石のことも、今年に入った頃には、ほとんどみんなの口から聞かれることもなくなっていた。

しかしある日の朝、突然、室根がこんなことを言い出した。

「あいつらは元気でいるかのー？」

「あいつらって、どいつらや？」と私が尋ねる。

「あの石たちのことやけど、苔《こけ》でも生えてないかと思ってなあ」

「室根、妙な言い方するんやなー、人でもないのに元気かなんぞ、どうにも滑稽《こっけい》なもんやがのう。はっはっはー」

「室《むろ》やんは哲学者やからのー、たまに粋なこと宣《のたま》うんや」と、矢原。

「そりゃあ元気やろ。わしらはそのうち朽《く》ちてしまうが、奴《やっこ》さんらは長生きするんと違うかい？」と、少し室根の言い方を真似て私は言ってみた。

「わし、やっぱり未練あるで、もう一度洞窟入ってみたい気がしてならんのや」

「わしもそうや！」

「わしかてそうやで！」

　ここんとこ、とんと消えていた洞窟の話。やはりみんなの心の中で燻《くすぶ》っていたようであった。

　この日の昼休憩、飯を食べながらみんなに私が言った。

「桜の蕾もそろそろやし、あと十日ほどで花も開き始めるやろ。ちょうど桜が満開の頃、昼から仕事休んで花見でもしょうやないか。どうかいなあ？」と、そんな話を切り出してみた。

「なんと、ほんまかい？」と、誰かのその一言に合わせ、周りの連中はこぞって私の顔を見た。その嬉しそうな顔を眺めながら私は話を続けた。

「わしもそうやが、みんなまだ洞窟の中に入りたいと思っているんやろ？」

　みんながみんな頷いている。

「当分洞窟には入れそうにない。で、その代わりと言っちゃなんだが、晴れた日の昼頃から花見しながら一杯やって、勢いつけたらと思ってな」と、私が言い終えた途端一斉に大拍手が起きた。

「監督、昼からやって、いつ終わるんや？」

「おー、宵のくちまでやったらええ。どうせ酒入ったら仕事にならんし、わしも酒飲ませた後に仕事なんぞ危のうてようさせんで」

「監督、その日はわしらだけでやるんかい？」と村岡さん。

「どういうことですかい？」

「いや、嫁さんやら娘やら連れてきたらいかんかと思ってな」

村岡さんは、私より二つだけの年上であるが、二十歳と十八歳の娘がいると聞いていた。

「構いませんでー村岡さん。みんなも家の者やどこぞの姫さん連れてきても構わんし、来たら来たでそりゃ大歓迎や」

仕事場周辺の山々には、山桜の木が数多く生息し、毎年三月の末から四月の上旬にそれらは淡い桃色の花びらを満開に咲き誇らせる。戸津井村の民家近くにはソメイヨシノという桜が数本あるが、それら桜の花びらは白っぽく、山の桜が散り始めた頃それに取って代わって開き始めるのである。

二週間後の四月一日、昼の十二時過ぎから花見の宴《うたげ》が行われた。辺り山々の桜はまさに満開であった。

結婚している五人は、嫁と子供がいればその子供も連れてきていた。独身の連中には知り合いの娘を連れてきた者もいたが、女っ気のない連中も、何人かの男友達を連れてきていた。

私の妻も四人の子供たちを連れてやって来た。妻は今日来ることを随分と渋っていたが、「私が世話になってる皆に顔出して一言礼でも言ってくれ」と、何度も頼んだ末に奥方様はその重い腰を上げたのである。

私は酒がからっきしであった。湯呑に半分も飲めば、その場に卒倒《そっとう》しかねない。酒盛りが始まるともっぱら人に酒を注ぎまわるのである。

酒はこの日のために一升瓶を三本用意していた。しかし、そんな量では到底足りるはずもなく、私以外に酒を持ってきていた者も大勢いたし、酒以外にも里芋や切り干し大根の煮物、イカの一夜干しや鯵《あじ》や鰯《いわし》の干物など、酒のつまみにはこと欠かなかった。

少し遅れてやって来た戸津井村の漁師の二人が、朝釣ってきたのだと、大きな三匹の鯛《たい》を尾頭《おかしら》付《つ》きの刺身にして持ってきてくれた。それに気づいた大勢から一斉に拍手が沸き起こり、宴はいよいよ佳境に入った。

歌ったり、踊ったり、普段から陽気な連中であるが、ほどよく酔いが回った彼らが見せる子供のように純粋な所作を眺めているだけで、酒は飲まずともほろ酔い気分になった私であった。

女子や子供たちは二時間も経たぬうちに全員帰ったが、男連中とくれば、誰一人として途中で帰ろうとする者はおらず、戸津井村から客として来ていた者も含めた全員が、とうとう陽が西の海に沈むまで居残った。

浴びるように酒を飲み、歌い踊り、泣き上戸やら、笑い上戸、そして怒り上戸や説教上戸。みんなひっくるめて私の大切な仲間たち。

「監督、わしこんなに楽しかったん初めてや。今度またやれるかなあ?」と、私の隣に座っていた矢原が小声で言ったので、私は「今度は秋の花見にしょうか」と答えた。

その話を耳にした山本が、「それ、嘘やったら承知せんぞー」と言ったのは良かったが、山本の真後ろに立っていた村岡さんに頭に拳骨《げんこつ》を落とされた。

「山本、お前さんに承知してもらえるようにも、必ずやることにするで」と、私は笑いを堪えながら言った。

「はー、すんまへん。よろしく頼みます」と、山本。

「よし、今度は紅葉の宴と洒落《しゃれ》込《こ》むとするかー」

「ほほー、有難い有難い」と言いながら、ひょっとこ踊りを始める何人かの者。

そして、「そろそろお開きにするでー」と私は言い終え、辺りの一升瓶などを片付け始めた。

実に楽しかった。こんなに楽しいのであれば、もっと早くやれば良かったと思った。

「今度は十一月頃にまたやるんで、みんなその日のために出し物でも考えておいてくれ」と、最後に私がそう締めて宴は終わった。

それからひと夏を越え、その年の紅葉が赤々と色づいた頃、二度目の宴が行われた。この時には、衣奈村や小引村からも数多くやって来て、総勢で五十人は優に超えていた。その中には九人の若い娘が交ざっていた。独身者が多い男たちの中で娘たちは彼らの格好の話し相手となり、さしずめ、集団で見合いをしているかのようであった。

「おい、山本。お前さんはその子がたいそう気に入ってるようやが、いっそのこと、嫁さんに貰ったらどうや？」と、先ほどから一人の娘にべったりしている山本に私が言った。二人が互いの顔を見合わせた後、「からかいは無しやで監督ー。そら、わしかてこんな別嬪さんやったら嫁にしたいんやがなー」と、顔を赤らめながら意味ありげに傍らの娘を見た。

「お、とうとう本音がでたなあー山本」と、向山さんが話の間に入ってきた。しばらく黙っていた山本が、「うたゑといううんや、うたゑさんのほかは十把《じっぱ》一絡《ひとから》げや」と言った。うたゑさん以外は「団栗《どんぐり》の背比《せいくら》べ」といったような意味である。

私は、ほかの娘さんたちに失礼なことを口にした山本に釘を刺すように、眉間にしわを寄せながら彼に向かって首を左右に数回振った後、「今日の娘さんたちはそれ見《み》目麗《めうるわ》しやー、いずれアヤメかカキツバタといったとこかー」と、周囲に聞こえるようにわざと大きな声でそう言った。

「おーおー、ひと組の誕生かー？」と、少し離れたところから誰かの声が聞こえた。

独身の男たちは、どうやら、隣り合って座っている山本とうたゑという娘のことが気になり、私たちの話に聞き耳を立てていたようである。

この時の出し物で一番盛り上がったのは、ソーラン節や八木節といった民謡にあわせてみんなが踊った時で、それぞれが勝手気ままな振り付けで盆踊りに似せて踊ったのであった。

二度目の宴、秋の花見も無事にそして楽しく終わった。最後に私が、「また、来年も必ずやろう。春と秋の二度やろう」と言って、宴が終幕した。

それ以後、年に二回の花見は、私がここの採石場で働いていた間に一度も途切れることなく、繰り返し行われたのである。

兄の面影

　昭和二十五年早春、静寂に包まれた教室に「トントン」と、戸を叩く音が聞こえた。それに気づいた女先生は、怪訝そうな顔で教壇の椅子から立ち上がり、「ミシミシ」という足音を残しながら教室の出口に向かい、そのガラス戸をゆっくりと開けた。戸を開けたままで、廊下に居る誰かと小声で話をしているが、何を話しているのか聞こえてこない。

「吉村《よしむら》さん、吉村美恵子《よしむらみえこ》さん」と、私を呼ぶ先生の顔が何気に怖く、私は返事できずに俯いていている。ただもじもじと、自分の両膝を何度も擦り合わせている。

「吉村美恵子さん、ちょっと来てください」と言いながら、先生が私のほうにゆっくりと近づいてくる。私は慌てて椅子から立ち上がり、そして先生に連れられ廊下に出た。廊下には私の叔母が立っていた。

「吉村さん、あなたは今からお家に帰って下さい。今日はこれで終わりです。叔母さんと一緒に帰って下さいね」

「美恵子、早く帰る用意して一緒に帰るんやで」と叔母が言った。

私は先生と一緒に自分の席に戻り、勉強道具を風呂敷に仕舞い始めた。途中から先生も手伝ってくれ、風呂敷の括りも先生がやってくれた。

叔母さんと一緒に学校の外に出ると、吹雪であった。今朝、学校に来る途中に降り始めた雪は、校舎の裏山を雪化粧し、家の屋根や生け垣の中で風に煽《あお》られ躍っている。

「叔母《ばあ》やん、迎えにこんでも、もう一人で帰れるで」

「そうやなあー、美恵子はもうすぐ二年生やからなー」

「そうやで、もう八歳になったんや。ご飯の手伝いできるし、家の手伝いもいっぱいしてるんや」

「叔母やん、今日兄《にい》やん早く帰ってくるかいなー？」

「なんでなよ？」

「雪積もったら、兄やんに雪だるま作ってもらうんや」

「美恵子は兄やん好きか？」

「私《わたい》は兄やん大好きや！　飴くれるし、夜のおしっこいつも連れてくれる」

「そうか、兄やんのこと好きだったんか。そうか、そうか」

「そうや、父《とお》やんとみさゑ姉《ねえ》やんはすぐに怒るんで嫌いや！」

早く学校から帰れることに上機嫌な私は、道に積もり始めた雪をつま先で蹴ったり、時には両手でかき集めてそれを握り潰す。「早く、早く」と、何度も叔母に服の袖を引かれ、家路についたのであった。

家が近づいてくると道端に大勢の人が集まっていた。知っている顔を見つけては「ただいまー」と声を掛ける。「美恵ちゃんお帰りよー」と、その都度返事が返ってくる。

家の玄関先にたかゑ姉やんの姿を見つけた。たかゑ姉やんは、私の一番上の姉で、少し前に同じ衣奈村の「原井《はらい》」という家に嫁に行き、時々私の家にやって来る。

「姉やーん、たかゑ姉やーん」と、私は姉の名を呼びながら吹雪の中を駆け出した。

吹雪舞う日に

月日が流れ流れて私は五十四歳。まだまだ仕事盛りである。といっても、周りからは年寄り扱いされることも有りがちである。

長女のたかゑは昨年の秋に結婚し、次女のみさゑも約一月半後に結婚する予定である。長かった戦争も四年半前に終わり、日々の暮らしも僅かながらも贅沢になりつつあった。

長男の英一には戦争が終わる直前に召集の知らせが届いた。当時十四歳であった英一に呼び出しがかかるとは、思いもよらぬことであったが、それだけ戦況が窮《きゅう》しているのであろうかと、不安な日々がしばらく続いた。

英一は、和歌山の機械工場のような所に行っていたが、聴力に難が有るという理由から半月足らずで家に帰されてきて、その約半月後に終戦の知らせが届いたのである。

仕事場の連中も大勢が戦争に駆り出され、その中の一人に戦死の知らせが届いた。

私や、若い頃から一緒に仕事をしていた山本は、年齢が過ぎていたために召集令状は来なかったが、戦争が終わる前の数カ月間は、毎日の様に空襲警報のサイレンが昼夜を問わず鳴り響き、仕事場にいる時は山の茂みに身を隠し、家にいる時は家の裏手に作っている防空壕《ぼうくうごう》に家族六人が身を寄せ合って避難したのであった。

　三女の美恵子はこの春に小学二年生になる。戦後しばらくして三年制の中学校ができ、小学校の六年間と合わせ、九年間の義務教育となっていた。

　仕事場の仲間は、四十歳を過ぎるとその大半が辞め、その代わりにまた新しい若者がやって来る。私が初めてここに来た時の顔ぶれはほとんどいなくなり、今では私と山本、そして矢原の三人だけとなっていた。当初、若手の中心的な存在であった山本も五十歳を過ぎ、若い頃の無茶ぶりはそうそう無くなってはきているが、仕事ぶりはまだまだ衰えず、若い連中に交ざっても率先して仕事をやってくれている。

　島崎社長は七年前に亡くなり、息子の若旦那がその跡を継いで社長をしているが、どうやら景気が芳しくないようで、ここの採石場が閉山するやら人手に渡るやらという噂も何処からか聞こえてくる。仕事の形態など、近代化が急速に進みつつある中で、セメントを人工的に作り出す術が発明されているという話を聞いたこともあった。

　私が師匠と思っていた川添さんは、数年前に亡くなったと風の便りで聞いていた。私の兄である吉村吉之助は昨年の夏に亡くなった。七十歳の往生であった。兄から借りたお金は、兄の生前中になんとか完済できていたので、心残りなく兄を見送ることができた。

誰かが生まれ、誰かが死んでゆく。自然の摂理といえばそれまでである。時の流れとともに、新しいものが生まれ、古いものは滅びゆく。時代の趨勢《すうせい》には到底逆らえない。私がこの山とともに過ごした約二十七年半、そろそろ終わりが近いかと、そう思う昨今であった……。

ある日、この日も私は石灰山の正面に仁王立ちし、午前中に仕掛ける発破の位置を模索していた。この日は海からの北西の風がひと際強く、少し前から雪がちらつき始めていた。

二月中旬、天気が良ければそうでもないが、どんより曇った上に強風とくれば、いくら汗仕事をしていても寒さが堪えないはずがない。

「今日は、暖取りで一日終わりやな。薪の用意でも始めるか」と、いつも焚火しているその場所を一度振り返り、そして事務所の中に蓄えている薪を取りに歩きだしたその時であった。

遠くで私を呼ぶ誰かの声が聞こえてきた。私がその声のする方を振り向くと、私がいつも通っている小引坂から仕事場に下りてくる藪の中に二つの白い手拭いを被った頭が見え、こちらに向かって下りてくるのである。時々大声で、「監督―、監督―」と、私のことを呼びながら坂を転がり落ちるような勢いで近づいてくるのであった。

二人は麓にたどり着いてからも、片手を挙げて私を呼びながら走って近づいてくる。慌てて私も彼らの方に向かって走り出した。

二人とも衣奈村の人間で、私もよく知っている者たちであったが、その中の一人が私に近づくや否や私の腕を摑《つか》み、汗だくな顔でこう言った。

「英《ひで》かんが、英かんがー」

「只事ではない」と私は直感した。誰の目にも悪い知らせであることは一目瞭然であった。

「監督、早く早く！」と、私を促すように仕事場の誰かが事の急を察してそう叫んだが、私はその声の止まぬうちに走り出していた。

「英一がどうしたと言うんだ！　英一が、英一が」

私の息子の英一は、昨年の四月から衣奈村にある採石場で働いていた。私と同じ仕事であるが、家ではあまり仕事の話をすることもなく、たまに私のほうから「気をつけろ」と言う程度であった。最近、石を運ぶ役目からベルトコンベアの操作をさせてもらうようになり、昨夜も機械の操作に慣れてきたと上機嫌で話していた。

今日はまだ、仕事を始めてどれほどの時間も経っていないというのに、「一体何があったんや、一体全体どうなったんや」

伝書鳩役の二人のあの形相、何も語らずともそのことの重大さが十分に伝わってきた。

いつも帰る道、いつも家族の元に帰る道。藪の中を通り抜け、小引坂を下り始めた。「山の神様、どうぞ英一が無事でいるように。数多《あまた》の神様、どうか英一を守ってくれますように」と、私は何度も何度も繰り返し叫びながら坂道を駆け下りて行く。

小引坂を過ぎ戸津井坂に入った。通り過ぎた地蔵菩薩に背中で、「地蔵様、わしの願いを聞いてくれんかい？　英一のこと助けてやってくれんかい？」

そして、衣奈村にある採石場にたどり着いた。

私の到着に気づいた何人かに、「監督――」と声を掛けられたが、私は目の前の光景に唯々愕然《がくぜん》とし、彼らからの呼びかけに返す言葉は皆無であった。

トタン張りの小さな機械室。その入口の前に一つの担架が置かれていた。担架の上には白い敷布が掛けられ、それが人型をなぞるようにふっくらと盛り上がっている。

私はその光景を見た時、おおよその見当がついた。だが、この目で見るまでは信じることが出来ない。ふらふらと近づき、担架の前に跪《ひざまず》き、そしてゆっくりと頭の方から敷布を捲《めく》った。

「英一……」

「久しいのう英一、今日はどうしたんや……」

顔には何の傷もなかったが、生きていないことは、その血の気の無い様相からすぐにわかった。

　暫く顔を眺めていた私は、とめどなく涙が溢れ、それが担架の上にぽたぽたと音を立てて零れ落ちる。周りから鼻水をすする音が聞こえてくる。二人の間に入ってくる者は誰もいなかった。

　それから私は、静かに敷布をすべて捲り上げてみたのだが、思わず絶句した。腹が大きく裂け、その上には細々と切り刻まれた内臓らしきいくつかの肉片がのせられていた。

　これほどの傷を負うとは、いったい何があったのかと思った時、私の後ろから声が掛かった。

「元やん、わしや権一《ごんいち》や」

　権一とは、三軒隣の「嶽出《だけで》権一《ごんいち》」という男で、今度結婚する次女のみさゑの結婚相手である。つい先日に結納を済ませたばかりであり、今は婚約中であるものの、四月上旬には義理の息子になる予定なのである。

「権《ごん》やん、何があったんや?」

「元やん、まことすまんことです」と言って、その後も話を続けようとしたが、誰かが「医者に連れて行こうやないか」と言ったので、その後周りにいた四人が担架を持ち上げ、診療所に連れてゆくことになった。

戦後まもなく衣奈村にも加納先生という医者がいる診療所ができ、そこは年中老人たちの溜《た》まり場になっている。

「夏枝に知らせてくれ！　医者に行くとだけでええ。どうこう聞かれても、詳しくはよう知らんと言っといてくれ」と、誰に言うでもなくそう言い終え、私は担架に乗せられた英一に寄り添いながら診療所に向かった。

診療所に向かっている途中、権やんは私の傍で今日起こったことを話し始めた。

わしがベルトコンベアに石灰石を載せていると、急にコンベアが止まったんや。わしも他の連中も「機械に油でも注《さ》してるんか」と思い、しばらくはコンベアが動き始めるのを待っていたんやが、なかなか動き出さなんので、「英一、何をしてるんや、早く動かしてくれ！」と、大声で怒鳴り叫んだんや。しかし、それでもコンベアが動かんので、機械室に一人で様子を見にいったんやが、機械室の戸を開けてみると、英一が機械に挟まれていた。上着とズボンが真っ赤に血で染まり、コンベアのゴムの上にもようけ血が流れ出ていた。そんで周りにいっぱい内臓が飛び散っていたんや。わしはそら恐ろしゅうなって、すぐに外に飛び出し、その場にへたり込んでしもうたんや。わしの後にも何人か入ったんやが、わしと同じで悲鳴をあげてすぐ飛び出してきた。機械室の入口の戸が開いたままやったんで、まだ機械が動いている音が聞こえていたんやが、誰も怖くてよう入らなんだ。わしは足が震えてなんとも動けなんだが、周りの奴らが「もうあかんでー、あの世行やー」と、人ごとの様にそっけないことばかりぬかすんで、早く英一を助けなあかんと思って、勇気を振り絞ったんや……。

そして権一は、「おい、誰か手伝ってくれ！」と、周りを見渡しながらそう言った。未だ機械に挟まれたままの英一の体を機械から解《と》き放《はな》すべく、権一と他に二人の者が機械室の中に入ったのである。

顔を背けたかった。英一の顔をまともに見ることができなかった。おぞましい機械の音が、まるで死神が為せる業のように無慈悲に容赦なく鳴り続けていた。

権一が機械の電源を切り、手で大きな歯車をその廻る方向にゆっくりと廻し始め、それに合わせて他の二人が英一の体を自分たちのほうへ手繰《たぐ》り寄せた。救出は案外容易《たやす》かった。三人で英一の体を抱きかかえて機械室の外に出し、地面に寝かせた。

「誰か事務所に置いてる担架持ってきてくれ。それと毛布か敷布あったらそれも持ってきてくれ」と、現場の責任者である中西《なかにし》さんがそう言った。

「誰か親父《おやじ》さんに知らせに行ってくれ、今日も仕事に行ってるはずや」と権一が言うと、

「わしら二人で行ってくるで」と、英一の母方の従兄弟にあたる中村《なかむら》さんと硲《はざま》さんがその役目を引き受けてくれた。

「現場は戸津井村の石山や、分かるんかい？」と権一が尋ねる。

「二度三度行ったことある。小引坂から下りたらええんやろ？　任せてくれ、急いで行ってくる」と言って二人はすぐに走り出して行った。

　大変なことになってしまった。権一はそう思わずにいられなかった。今もガクガクと足が震えている。もうすぐ弟になるはずであった英一の身にこんな不幸が降りかかるとは。もうすぐ親父になるはずの元やん、母になる夏枝さん、そして嫁になるみさゑにも、何と慰《なぐさ》めを言ったらよいものか。わしは近くにいながらお前に気づいてやれなんだ。

「権やん！　英かん！」と呼び合っていた二人。

「わしに兄やんができるんや！」と言った時の英一の嬉しそうな顔が思わず浮かび、「英一、わしを呼んだんかい？　わしに助けてくれと叫んだんかい？」と、権一は自責の念に苛《さいな》まれていたのであった。

　診療所に到着すると、ひと足先に誰かが伝えに来ていたようで、加納先生と、その手伝いらしき二人の娘さんが、玄関先で私たちを迎えてくれた。

「ほうー、そういうことかー」と、先生は一旦捲った敷布を直ぐに元に戻し、ため息交じりの言葉を発した。そして診察室に運ぶようにと指示をした。

　三十分、いやそれ以上過ぎていたかもしれない。先生が「身内の方入ってくれますか」と言ったので、私と権やんの二人が診察室に入って行った。

「貴方がたは？」

「親父です。それと親戚の者です」と私は答えた。厳密に言えば権やんはまだ親戚ではなかったが、そんなことはどうでもよかった。

「亡くなられました。おいくつですか？」

「十八です」

「若いのに残念なことです」と、先生は神妙な顔でそう言い、続けて、「外に出ていた臓器はお腹の中に戻しておいたんで、火葬する時はそのまま一緒に焼いてあげてください」と言った。

英一の腹には真新しい包帯が何重にも巻かれており、一見どこにも怪我のないようにも見えた。百も承知していたことであったが、医者の口から死の宣告を耳にして、私は全身をブルブルと震わせながら「英一よー」と、絞り出すように一言漏らしたのであった。

診療所にいる時間は、その後も暫く続いた。名前と住所と生年月日、そして何よりも事故が起こった時の状況なども聞かれたからである。事故については権やんが主になってその説明をしてくれていた。

先生からは、「おそらく着ていた上着やらがベルトコンベアのどこかに引っかかり、そのまま歯車のほうに引き込まれてしまったようですなー、死因は出血多量による失血死です」との説明があった。

やっと、家に帰る時が来た。

「英一、ぼちぼち家に帰ろかー。わしらで家に連れてってやるんで、お前はそのままゆっくりしてたらええ。家で母やんたちが待ってるでー、お前も恋しくなったやろ」と、私は涙でくしゃくしゃに濡れた顔で息子にそう話し掛け、診療所から引き上げたのであった。

家に近づくにつれ人波が増えてゆく。事故の話を聞きつけた連中が私たちの帰りを今か今かと持っていた。

家の前まで来ると、周りの気配が尋常でないことに気づいた夏枝が、家から走り出してくるのが見えた。

夏枝は、担架に乗せられ白い敷布の下に横たわっている英一に向かって、「英一、英一」と連呼する。

「夏枝、まあ待て、夏枝」と、今にも敷布を捲ろうとしていた妻の手を私は摑み、そしてその手を両手でしっかりと握りしめた。

英一を仏間に寝かせた。次男の俊明が亡くなった後に仏壇を飾り、それ以後必ず日に二回、幼い俊明をあやし遊ぶこの場所。この家が完成した後、一人寝そべり見上げた天井や欄間。

「お前を此処にこうやって寝かすことになろうとは、あの日に帰れるならば帰りたい」と、叶わぬことを口にする。

夏枝は、英一の手を握りしめ、時々嗚咽しながら狂ったように泣き続けている。隣の部屋からみさゑと権やんの話し声が聞こえてくる。何やら言い合っているようであった。親戚や近所の人たち大勢も玄関や土間に詰めかけているが、みんな気を使ってか仏間に入ってくることはなかった。

「たかゑを呼びに行ってくれ」と、私が言い終えたかと思うと、娘のたかゑが襖をあけて仏間に入ってきた。

「母やん、父やん！　あー英一ー」と言った後、自分の頰を英一の顔に擦りよせて泣き崩れた。

「元やん、元やん」と、半分開いていた襖の向こうから夏枝の妹の「まつ乃《の》」さんが私を呼んでいる。

「まっちゃん、何ぞかい？」

「美恵子どうするんない？　何ならわしが迎えに行ってこうか？」と言ってくれたので、私は、「おおきに、すまんけども頼まれてくれるかい？」と、小学校に行っている末娘を家に帰すことを頼んだのである。

縁側の磨《す》りガラス戸を少し開けてみると、雨戸を閉めていなかったので、外の様子が即座に見えた。先ほどまでの大勢の人たちは誰も近くにいないようであった。

「父やん早く閉めてくれ、寒くてしょうがないわ」と、少し前に部屋に来た次女のみさゑが腹立たしそうに言った。私が開けた戸の隙間から、強風が吹き込んできたからである。私は一旦戸を閉めてそのまま畳に腰を下ろしたが、すぐにまた立ち上がりもう一度開け直し、縁側に出て戸を素早く閉めた。

一人になりたかった。しばらく一人でいたかった。吹雪は一層強くなっていた。雪が海側から山に向かって真横に流れ舞っている。

家を建てたその半年後に植えた小さな松の木、今ではその外側に構える塀垣の高さを遥かに超している。

「お前がここに来てからもうすぐ十五年や。随分と高くなったもんや」と、その昔、島崎社長宅の植木を見て、感傷的になった自分を再現するかのように大きく育った松の木に話し掛けたのである。

松の木のすぐ横に、昨年の暮れに畳一畳ほどの堀を作ったが、その堀にはまだ水さえ溜めておらず、堀の中には松の枝だけが溜まっている。鯉《こい》を飼いたいという夏枝のたっての願いから作った堀。この春頃から手始めに鮒《ふな》など泳がしてみようと思っていたのであるが、「どうやらそれどころではなくなった」と思った途端に思い直し、「いや、いい機会や。早く鯉を入れて夏枝を少しでも喜ばせてやろう」と、私は些細《ささい》な名案を思いついたのである。

「あ、美恵子や！　美恵子が帰ってきた！」と、小さな妹を出迎えに出ていたのだろうか、玄関のほうからたかゑの声が聞こえてきた。

美恵子はまだ八歳で、長女のたかゑは二十五歳。姉妹であるが親子ほどの年の差がある。「たかゑに任すとするか。夏枝はしばらくどうにもならん」と、幼い娘に英一の死を話す役としてたかゑを思いついた私であった。

「たかゑ姉やーん」と、美恵子の声が近くで聞こえた。どうやら美恵子が帰ってきたかと思い、私は冷え切った体を仏間に移した。

英一のひと七日が済んだ後、夏枝が私にこんなことを言った。

「英一が死んで跡取りおらんようになった。みさゑの縁談今からでも断れんもんか？」と、あと四十日余り後に控えているみさゑの結婚を反故《ほご》にできないかと言い出したのである。

「そんなことできるはずがない！」と、私は間髪入れずにそう言い返した。

夏枝は何か言いたそうに何度か口元をもごもごとさせていたが、自分も無理なことだと思ったようで、その後黙り込んでしまった。

「権やんも、みさゑやわしらのこと思ってくれて、葬式やなんやらで、あれだけ懸命になってくれていたやないか」と、私は言い終えた後、おもむろに立ち上がり、隣の納戸《なんど》の襖を大きく開けた。

納戸には、みさゑの嫁入り道具である真っ新なタンスや長持ちが所狭しと置かれていた。

「みさゑも可哀相やないか。それに、それにや……」

「英一も己のせいにされたら、そらかなわん。気になって成仏できんようになるんと違うか?」と、私は最後に英一の名を借りて夏枝を宥めたのである。

夏枝は二度三度頷き、そしてしばらくしてまた何度も頷いていた。

「あ、そうそう」と、私が美恵子のことを話そうとした時、急に夏枝が、「思い出したー!」

と大きな声をあげた。

「今頃になって、急に思い出したんや!」と言って、夏枝が私ににじり寄ってきた。

「タンス見て思い出したんやがのー、父やん」

それから夏枝は、英一が亡くなった日の朝の出来事を話し始めたのである。

その日の朝、夏枝が台所で食器を洗い始めると、「母やん、母やん」と、つい先ほど仕事に出掛けたと思っていた英一の夏枝を呼ぶ声が聞こえてきた。

「何なー英一、お前まだ行ってなかったんか？」

「母やん、あの手拭いわしにくれんかのう？」と、タンスの上に置いていた新しい手拭いを指差しながら言ったのである。

「あほ、これはあかん。タンスや長持ちの埃取りにと今日おろしたばっかりやからなー」

「そうか、姉やんの荷物拭く手拭いかー」

「そうや！　ちょくちょく拭いて綺麗にしとかんといかんやろし」

「そうやなあ、大事な手拭いやもんなー。ほんでもわしの手拭いはたいそう汚いし、ほれ、見てくれるかい？　あちこち破れもきてるんや」と言って、片手に鷲掴《わしづか》みにしていた手拭いを広げて英一は夏枝に見せたのだ。

「あかんもんはあかん！」そう言って、夏枝は英一の頼みを突っぱねた。

英一は「そうかー」と言って、しばらく新しい手拭いを怨《うら》めしそうに眺めていたのであるが、夏枝もこれほどしつこく物乞いする英一は初めてとあって、何か事情でもあるのかと思い直し、「よし、持っていけ。替えはまだあるし、どうこうないわ」と、新しいその手拭いを渡したのであった。

英一は見る見る顔をほころばせ、「おおきに母やん、おおきにやでー」と言って、元気に家を出て行った。

そして、その時のやりとりが親子の最後、母と息子の永遠の別れとなってしまったのである。

「なあ、父やん。あの時よう手拭い渡したもんや。渡してやらなんだら、わしはそのことをいつまでも後悔することになっていたんや！」

「よう渡してやった夏枝。少なくともその日に一つ、あいつに嬉しいことがあったんやと思うと、わしもなんとも嬉しくなってきた。あいつの喜んでいた顔が目に浮かんできた。そうか、嬉しかったんか英一。けなげな奴や」

英一の満中陰の法要が終わった後になったので、当初より一週間ほど遅れた吉日、無事にみさゑの婚儀が行われた。これで私の家族は三人だけとなった。

そしてその後、末っ子の美恵子が婿を貰い家を継いでくれることになるのであるが、それはまだまだ遠い先のことである。

今日もこの場所で

今日もまた「ここ」に来ている。

ここに来ることが日課になっている。

海岸沿いの町道から山手に入り、九十九《つづら》折りの終点の右側に戸津井鍾乳洞の入口、左側にその駐車場がある。

坂道は普通車が一台通れるだけの道幅であり、セメントとアスファルトの入交《いりまじり》で舗装され、まるで戦後まもない頃に労働者が着ていた作業着を連想させるかのような、灰色と焦げ茶色の継ぎ接ぎ模様である。流石に、今時流行《はや》りのすり減ったジーンズのように穴が開いていることはなく、地肌は見えていない。

鍾乳洞が開門されるのは、土、日、祝日と、小学校の春、夏、冬の休み中であるが、私の別邸がこの近くにあり、私はほとんど毎日のようにこの道を軽ワゴン車で通っているのである。

駐車場の東の隅に小さな売店がある。「産地特売所」と看板に書かれたこの売店は、私と十年ほど前に亡くなった私の夫が、鍾乳洞が町の観光スポットとしてオープンした数年後に開いたもので、夫が亡くなってからも私は、鍾乳洞が開門される日は必ずこの売店に来て、夫が生前に作った椅子に腰を下ろし、来客を歓迎しているのである。

私の名前は吉村美恵子《よしむらみえこ》、鍾乳洞があるこの山が石灰石の採石場であった頃、そこで長年現場監督をしていた吉村元兵衛の末娘である。

売店内の売り物は、乾燥させた海藻類や、みかんや梅といった四季折々の農産物で、ワンコインで十分購入できる品々である。

売店であるからに、商品を買ってもらうことが本来の目的であるのであるが、それよりも私は、店内に入って頂いた人たちに、亡き父のことや初めて鍾乳洞が発見された時のことなど聞いて頂くことが嬉しく、そのことで何よりも幸福感が満ち溢れてくるのである。

駐車場北側の行き止まりまで行くと、その崖の真下に戸津井の民家と戸津井漁港が一望できる。漁港のすぐ沖には別名「スヌーピー島」と呼ばれている「十九島」が、戸津井港を守っているかのように横たわっており、十九島の先には紀伊水道が広がり、晴れ渡った日には遥か遠くに兵庫県《ひょうご》の淡路島と四国《しこく》の徳島県《とくしまけん》が見渡せる。

車から降りた観光者の多くは、この海の景色に導かれるようにその場所に立ち、まずは景観を暫く楽しむ。そしてその脇に建てられている「戸津井鉱床遺跡」と書かれた案内板に目をやるのである。

～「戸津井鉱床遺跡」

戸津井鍾乳洞は、平成元年七月から開洞されていますが、それ以前は石灰石の採石場でした。大正二年から昭和三十四年まで、経営者の変遷はありましたが、最後は、日本ライムという会社でした。洞窟は危険なため、昭和二十年（一九四五）に閉鎖されました。砕石は、少し下の方まで、トロッコで運び、そこから戸津井漁港まで、インクライン（ケーブルカーの一種）で運びました。クラッシャー（破砕機）跡のコンクリート枠が残っています。　平成二十九年七月「ゆら語り部クラブ」～

このように紹介されている。

私は、採石をしていたその時の様子や、鍾乳洞に関する歴史など、自分の記憶に父から聞いた事柄を交え、店内に来て頂いた人たちに話をさせて貰うのである。

私も、父が亡くなったその七十五歳を過ぎ、最近は認知症の兆しであろうか、昨日聞いたことを忘れ、人の名前やら物を置いた場所もすぐに忘れたりと、年々物忘れが酷《ひど》くなってきているようである。

もし私が死ねば、父やその仲間たちのこと、戸津井鍾乳洞の知られざる歴史を知る者は誰もいなくなり、それらすべてが二度と後世に語り継がれることが無くなってしまう。そう思い始めた私は、父の亡くなったその年齢に達した自分に、ある一つの目標、ノルマを課せたのであった。

「私の知っていること、聞いたこと、そのすべてを残しておきたい」と思った私は、七十五歳を過ぎた今を機に、記憶の探索、認知症と戦いながら脳細胞の隅々まで採掘し始めたのである。

鍾乳洞に入って行く観光者を眺め、その上方にわずかに残っている白い岩を眺め、一日の終わりを告げる黄金色に輝く夕日を見るまで、記憶を絵にあるいは文字にと、私はペンをとり、世間で言うところの終活に今日も励むのである。

私が初めてこの地に来たのは、まだ小学生になっていない頃で、今から約七十年前のことである。その頃は、ここら一体が石灰石の採石場であり、父はその採石場で働いていた。

私は帰るまでの時間がとても退屈で、一緒に来ていた母の目を盗んでは近くの小川へ行き、メダカやカエルを追いまわし、野イチゴを見つけては崖を駆け上がりしてその時間を過ごしていたものであった。

私が中学生になった頃には、父から鍾乳洞のことをよく聞かされたわけであるが、その時は私も父も鍾乳洞という言葉を知りはせず、ただ綺麗な石、綺麗な氷柱の形の石と言っていただけであり、父は私の前で独り言のようによく話していた。私は、「またその話が始まったか」と、まったく興味のない話をする父にソッポを向き、いつもすぐにその場から退散したのであった。

学校が休みの土曜、日曜のいずれか一日は、決まって私は母にミカン畑に駆り出された。

その父のミカン畑は、父が働いている採石場のすぐ近くにあるのであるが、ミカン畑と言っても、その頃には未だミカンの木は一本も植えられておらず、それどころか、辺り一面に立木が茂り、どこをどう見ても畑にすら見えないありさまであった。どうやら、父が採石の仕事を辞めた後にこの場所へミカンの木を植える予定にしているらしく、父と母は常日頃からこの場所を指してミカン畑と言っていたのである。

父は、雨の日以外に休みがないため、畑作りもそうそう捗《はかど》らない。「気が向いたら、柴刈《しばか》りのついでに木の一本でも抜いといてくれ」と、再三父から言われる母が、その実績作りをするかのように、私を連れてくるのであるが、畑に来たからといって、どれほどの仕事をするわけでもない。隣の採石場を見下ろしては「あの人は誰でどうしたんや」などと、有ることないこと、良いこと悪いことを問わず、母はまだ世間知らずの私に話を続け、ここでの時間をまったりと過ごすのであった。

私が中学校の三年生になって間もないある日、その日も私は母と一緒にミカン畑に来ていた。そして、丁度昼ご飯を食べ終わった頃、父が私たちのところにやって来た。「美恵子、ちょっと、わしと一緒にあっちまで行こか」といって、土の上に寝そべっていた私の片腕を掴み、そのまま私の体を起こしあげた。

私と父の行き先はミカン畑の東の角、そこから先は崖っぷちであり、真正面に父が仕事をしている石灰山が見えている。

「美恵子、いっぺんここへ座ってくれ」と父が言い、私が腰を下ろした後に父も私の真横に腰かけた。

「美恵子、わしはまだまだ元気やし、今頃こんなこと言うのもおかしな話やが、これはわしの遺言と思って聞いてくれ！」と、父が言ったのである。そして、私たちの目の前にそびえる石灰山の方を指さしながら、こう言った。

「あの少し木が生えているところの下に真っ白な石が見えるやろ。その白い石から真下に掘って行くと、以前にわしがお前に話した洞窟の入口にたどり着く。穴を塞いでかなり年月も経っているが、穴は必ず残ってる。入口を塞いだ木の囲いが目印や」と、幼い頃から何度も何度も聞かされた洞窟の話を、その後も長々と話し続けた。

私は、父が話し始めてすぐに、「その話はうんざりや」という気持ちになり、話の途中に相槌のひとつも打たなかった。ただ、最初に言った遺言という言葉だけが妙に胸に突き刺さり、反抗するような態度は一切出さなかった。

父が話し終わった時、私は俯いていた。

「わかったんか？　美恵子」と、俯いている私を横から覗き込みながら言ったので、

「うん」と、小声で一言返した。

「約束したんやみんなと。もう一度みんなで一緒に入ろうと約束したんや。大勢が辞めてしもたし、死んだ奴もいる。叶わぬ夢になってしもうた。おそらく、わしが生きている間に洞窟が開くことはないやろ。しかし、お前の世代になったらきっと誰かが探し始めるに違いない。その時が来たらお前が教えてやってくれ。入口がある場所を教えてやってほしいんや」と、父は途中から少し涙声になりながら、しんみりとした口調で話した。

「父やん、わかった。私わかったよ」と、私は内心そんな日など来るはずがないと思いながらも、その時は父の気持ちをくみとり、父が望んでいた言葉を返したのであった。

　父は七十五歳になる直前、十歳と五歳の二人の内孫を残し亡くなった。私が二十八歳の時であった。

　私は十六歳で婿養子をとって所帯を持った。私の父母は、自分たちが高齢になっていくことに相当な焦りがあったようで、少しでも早く家の跡取りができて安心したいと、半ば強引に私はその若い年齢で結婚したのである。

父は亡くなる間際まで、洞窟の入口のことを何度も私に話していた。しかしその当時の私は、子養いやらの目先のことにしか頭がまわらず、口では父に、「わかってる、心配せんでもええ」などと、決まり文句の様に言っては本心で、父の戯言《たわごと》であると思っていたのであった。

洞窟の叫び

昭和五十年、私が三十三歳のある日のこと。私はふと産経新聞の和歌山版に、「戸津井鍾乳洞」という文字を見つけた。私にはそれが父の言っていた洞窟であることがすぐにわかった。そしてその時、私はその記事を読んで愕然としたのである。

その記事には、「戸津井鍾乳洞は昔開いたことがあったが、とても危険で人は入れず、すぐに閉じられた」と、記事を掻《か》い摘《つ》まんで言うとそのような内容が記されており、何度読み返してみても、父から聞いていたこととは大きく違っていたのである。

父の話によると、洞窟は十年近く開いていたし、毎日のように見学者が洞窟の中に入っていた。そして何よりも、閉じた理由が危険だったからではなく、洞窟内の鍾乳石を守るためであったのだと、私は父から聞かされていた。

自分の遺言とまで言っていた洞窟のこと。私は決して忘れていたわけでなかったし、私に何度も話したその時の父の顔や声色を思い出すことも度々あった。しかし、それは、「現実味がない。私の力ではどうにもならない」と、思い出してはすぐに立ち消えてしまっていたのであった。

この記事を読んで私は、「何とかしたい！」と言う思いが、心の奥底からふつふつと沸いてきた。入口のことはさて置き、せめて人が大勢入ったことや、父たちが鍾乳石を守ったことをみんなに伝えたい。戸津井鍾乳洞が「危険」というレッテルを貼られたままでは二度と開くことはなく、父の遺言も永遠に果たせなくなると思ったのである。

「何をすればよいのか、誰に話せばよいのか」と、焦る気持ちで悶々とした日々を繰り返す中のある日の朝、私はこんな夢を見た。

〜暗闇に、獣のような呻《うめ》き声が聞こえたかと思うと、突然私の周りが震え出した。ゴーゴーと鳴り響く音とともに地面が揺れている。

「怖い、誰か助けて！」と、私は地にしゃがみ込み、顔が歪《ゆが》むほどに強く目を閉じ唇を嚙みしめた。

「大丈夫や、安心せえ」と、突然私の耳元で声がした。

「父《とう》やんか？　今の父やん違うんか？　父やん、父やん！」と、私は心の中で叫び続ける。

「美恵子、心配せんでもええ。洞窟はお前を歓迎しているんや。お前が来たことを喜んでいるに違いない」

「父やん！」

「この先も大丈夫やし、ゆっくりと人生を楽しんでくれよ。わしはいつもお前のすぐ傍に居る。さあ、これからも頑張れ！」

私が恐る恐る目を開くと、白い煙のようなものが周囲に漂い、それが渦を巻きながら「叫」の文字を形作った。そして、その文字が徐々に消えてゆくのと入れ替わり、毛糸の帽子を被《かぶ》ったあの懐かしい父親の姿が浮かび、その後方には大勢の人夫たちの姿も薄っすらと浮かびあがった。

「父やん！　会いたかったんや父やん！　私、父やんの遺言」と、そこまで言った時、急に父たちが私に背を向け、暗い奥のほうへと消えていった。

「待って、待って、待って！」と、私の叫び声が洞窟に響き渡る～。

ふと目が覚めた私は、その後しばらく目を閉じたまま、今見た夢の中に戻ろうとしていた。頭の中で見た夢を再現させていた。

父の顔、父が言ったこと、煙で描かれた「叫」の文字。

私は、自分勝手にこう思った。

「父は洞窟が開く日を今も待っている。そう叫んでいる……」

「もう何も躊躇《ちゅうちょ》すまい！　私がやらねば誰がやるというのか！」と、そう固く思った私は、急きょその日の午前中の仕事を休み、鍾乳洞の記事を片手に役所に向かった。

役所の職員は、私の言ったことにとても興味深い態度で、「一度、お父さんから聞いていた内容を箇条書きにして持ってきてもらえませんか?」と、言ってくれたのである。

私はそれから半月ほどかけて、父から聞いていた鍾乳洞のことを、大きめの用紙二枚分に書き綴り、それを役所に届けた。するとそれから二週間後、「公民館報ゆら」という由良町の広報新聞に、私の文筆が掲載された。

私の文筆が広報新聞に載ったからと言って、その後これといった進展がなく、鍾乳洞の噂を耳にすることもなく、いたずらに年月が過ぎ去ってゆくのであったが、洞窟への未練もしだいに薄れ久しく経った頃、驚くことに町の事業として鍾乳洞の開発工事が開始されることになったのである。私の文筆が掲載された五年後の昭和五十五年のことであった。

私がそのことを知ったのは、役所からの電話であった。役所の人は、工事の請負者と役所の職員が現地視察に来る当日、私にも洞窟の入口の位置確認のために立ち会ってほしいというのであった。

私は、「やっとその時が来た!」と思った。「私が書いた文が実を結んだのだ!」と思った。長い間、私の背に覆いかぶさっていた重石が急に剝がれ落ちてゆくような感触を覚えた。

　工事が始まった頃には、当該山裾付近まで舗装道が繋がっており、ショベルカー等の重機が容易に進入することができ、そして約半年後、鍾乳洞が再び人目に触れることになったのである。

　現場監督であった父とその仲間たちが、残された鍾乳石を守るため、苦渋の決断でその入口を塞いでから約三十五年の歳月が流れていた。

　そして、さらに九年後の平成元年七月一日、由良町の観光スポットとして戸津井鍾乳洞がオープンしたのである。

　私は、この日のオープンをもって、やっと父の遺言の呪縛から解き放たれたのであった。

「父やん、守ったよ！　私、父やんの遺言叶えたよ……！」

父たちが残してくれたこの鍾乳洞の鍾乳石をとても愛しく思い、この場所に来る度に父母や当時の景色を思い浮かべては、その懐かしい匂いを私は感じ取っている。

　今は亡き、父母と二人の姉。そして、とても大きくとても優しかった兄の面影。みんなで一緒に過ごした時を遠く懐かしむのである。

桜に尋ねて

身体が冷えている。それはかなり前からそうであった。

相も変わらず雨水が体に降りかかっている。一時間、いやそれ以上経っているかもしれない。この間に誰の声も聞こえてはこなかった。どうやら今も洞窟には私一人だけのようである。

祖母が私を溺愛していたことが改めてわかった気がした。祖母は私が幼い頃から、

「お前は英一の生まれ変わりや！」とよく私に言っていた。

「お爺ちゃん、あなたは不器用だったね」

だが、不器用なだけにその内に宿る誠実な心、その暖かさが私には何よりも誇らしげに思える。

今、六十歳を過ぎた私と同年代の頃のあなた。時空を超え、祖父と孫という縁《えにし》を一旦どこかにしまい込み、一度あなたと話がしてみたい。

「男同士、一人対一人、ひと晩ゆっくり語り明かしませんか？　……」

「お爺ちゃん、こんなところかい？」と、最後にそう呟き、私は長時間の胡坐を解い

て立ち上がった。

出口に向かって歩き出した時、「達也、一人で来たんか？」とあの懐かしい声が聞こえた気がした。あの優しい笑顔で「よう、来てくれたなー」と祖父が囁いた気がした。

洞窟から出ると、外の光が眩しく現実の世界に舞い戻ったかのようであった。管理棟の前で立っていた管理人が、私の姿を見つけ直ぐに駆け寄ってくる。

「吉村君、どうしたん？　心配してたんやでー」と、帰りが遅い私を案じてくれていたようであった。

この管理人は、私の小、中学校の同級生で、戸津井の生まれで、今も町内に住んでいる。

「梨花《りか》ちゃん、ごめんごめん。ちょっと、しつこく見過ぎたよ」と、照れ笑いを浮かべながら言い訳をする。

「雨、どうだった？」

「酷かった！」

「やっぱり、そうだったんか。入った後に気づいたんやけど、雨が降った次の日は結構雨水漏れてるようで、それ用の貸傘も何本か用意してたんやけど、ついつい渡すの忘れてしまったんよー」と、ずぶ濡れになっている私を見ながら言ったその片手に一本の透明色の傘が持たれていた。

「その傘持ってもう一度入れと言うんかい？」と、ふざけて言うと、「それにしても頭薄くなったなー」と、痛いところをついて切り返してきた。雨水に濡れた髪の毛がべったりとして、さぞ地肌が見えているのであろうと私には想像がついた。

管理棟まで二人で来ると、梨花ちゃんは私を暫くその場に待たせ、「これで頭だけでも拭きなよ」と言いながら一枚のタオルを渡してくれた。私はそのタオルで頭をくしゃくしゃさせて「有難う」と言って歩き出した。

「達《たつ》ちゃん、そういえばあんたの昔のあだ名、河童《かっぱ》だったんか？」と、今度は姓ではなく名前で呼びかけてきた。梨花ちゃんは地肌の見えている私の頭を見て、急に私の小学生の頃のあだ名を思い出したようであったが、私は少し赤らめた顔を彼女に見られることが嫌で、振り向かずに片手を軽く挙げ、「なつかしいな、思い出してくれて有難うー」と少し大きな声で言って、母がいる売店に向かった。

母が経営しているその売店に入ると、母は老眼鏡を掛けて書き事をしていた。突然現れた私にびっくりしたような顔で「お前、今日は何な？」と尋ねる。

「鍾乳洞に入ってきたんやけど」と、そこまで言うと、私の話を遮るように、「これまた読んでくれ。鍾乳洞が始まった時にお父ちゃんと戸津井の区長さんが交わした約束事や」と言って、広告の紙の裏に乱雑に書かれているそれを数枚渡された。

私は、母が言った内容にはそれほど興味が湧かなかったが、体裁を整えるかのように、さっと一枚だけに目を通してみた。

「この鍾乳洞は、吉村さんと戸津井区が協力しあってこそ成り立っていきます。私たちはいつまでも仲良くこの鍾乳洞を守っていきましょう」と、鍾乳洞がオープンして間もない頃に、当時の区長さんが私の父に言った内容が書かれていた。

先ほどまで祖父のことなど思い浮かべ、そして幼馴染《おさななじみ》との久しぶりでの二言三言。感傷的になっていた私は、「土地のことか」と、興《きょう》ざめた思いで、「そのうち全部読んどくよ」と受け取り店を出た。

「無粋《ぶすい》な態度を取ってしまったか？」と、少し反省しながら駐車場に止めていた車に戻った。

母から受け取った広告の紙を車に積んだ後、鍾乳洞の入口を眺めてみると、「戸津井鍾乳洞」と書かれた看板の左右に数本の桜が生えており、ぽつぽつと花びらが開いていた。「こんなところに桜があったんか？」と、それまでまったく桜のその存在に気づかなかった私は、その場から二、三歩前に進んで立ち止まり、心の中で、「桜さん、あなたはお爺ちゃんのことを覚えてますか？」と、尋ねたのである。

しかし、「これはおかしいか？」と直ぐに思い直した。「此処ではない。しかもこの桜はソメイヨシノではないか」

祖父たちが採石をしていた場所は、現在管理棟がある場所より五メートルほどの下であったと母から聞いたことがあった。それと、ソメイヨシノの寿命は数十年と何かで読んだことがあった。看板と入口を装《よそお》い飾るような位置に生えている桜、どうやら、平成になってオープンした時か若しくはその後に植えられたものであろう。そうなれば、祖父たちのことを知るはずがない。

「誰か、誰か知りませんかー？」と辺りの山々を見渡す。

桜が咲いていた。辺り一面の山々に山桜の淡いピンク色の花びらが開いていた。

「山桜さん、ここで採石業をしていた人たちを覚えていますか？」と、しばらく佇《たたず》んだ後、私は車に戻った。

「そろそろ花見の宴か。集団見合いの頃か」と思いながら、静かに車を走らせ始めたのであった。

私が守ったもの

「おーい夏枝、行ってくるでー」と、いつも通りの一言を残し、私は家を出た。戸津井坂を少し上り、今では私と私の家族だけが通る雑木林を横切り、友が待つ小引坂に出た。今日もそいつは上機嫌で私を迎えてくれるはずである。

「なあ、地蔵さん。あんたの歳はなんぼや？　そうそう、わしは今年で六十九歳になる。まだまだこの先も付き合ってくれるかい？」と、決まりごとのように地蔵菩薩に挨拶し、二十本の子供たちが待つ畑に向かうその足を少し速めた。

私の名前は吉村元兵衛、今、六十八歳と九カ月である。

この小引坂を越えたすぐ近くに私の畑があり、毎日のようにこの坂道を行き帰りしている。

私が長年勤めた採石場は四年前に閉山し、当時一緒に働いていた仲間たちも、てんでんばらばら違う仕事に就いている。私もその後、地元の農協に雇ってもらい、今もそこで精米の仕事などをさせて貰っている。仕事は週に三回で、時間も半日程度である。

私は採石業をしていた頃から時間を見つけては山野に畑を開墾し、今では三百坪ほどの畑に二十本の三宝柑《さんぽうかん》を植え、他にも金柑《きんかん》の木と柿の木を少々植えている。

三宝柑の木は植えて十年目となり、二年ほど前からまさに最盛期のようにたくさんの大きな実がちょうど今頃の三月にその旬《しゅん》を迎え、家族や親戚にとって恰好の食べ物となっている。四月の節句には、雛壇《ひなだん》に飾られることが多く、私は親戚以外の知り合いや近所の人達にも配ってまわるのである。

今は、ほとんど誰からの束縛もなく、やりたい時にやりたいことをやる。何とも自由で解放的な気持ちであろうかと、穏やかな心で日々過ごさせて貰っている。

遠い昔、父がそして母が死んだ。今でもその面影は覚えている。私の兄が亡くなり、知り合いも多く亡くなった。

私の二人の息子たちも病気と事故で亡くなった。下の息子の病気は、医療が進んだ現在、交通が便利になった現在、大きな病院が数多くできている現在、何事もなく完治したのではなかろうか。

そして、長男の英一。お前が事故で亡くなった頃からは、あらゆる仕事場で安全が問われる風潮も根付きだしたようである。のろまで不器用だった英一、物静かで純粋だった英一、できればお前と二人、仲良く一緒に畑仕事でもしたかった。二人とも、今の時代に生まれていたのであれば、死なずにすんでいたかもしれない。

いや違う。時代のせいにするなどお門違いも甚だしい。私が、父親であるこの私が、お前たちを守れなかったのだ。「なあ、英一！　なあ、俊明！」

私が守ったもの、何かあったであろうか。

採石業で現場監督をしていた頃、大きな事故は起きなかった。私はその場の責任者として、いつ何時《なんどき》も部下の安全を第一と考えていた。転落事故や落石事故など防ぐべく、常に細心の注意を払っていた。だが、大事故が起こらなかったことは決して私の力だけでない。周りの支えがあってのことである。むしろ、私がすばらしい仲間たちに守られていたのだと振り返る。

洞窟の綺麗な石を守ったと言えるのか。そもそも、静かな洞窟に風穴を開けたのは私たちではなかったか。

私が守ったもの。私にそのようなものがあるとすれば、「誠が正義」という言葉かもしれない。誰かから聞かされたのか、自分自身で作り出したのか、いつしか私の心の奥底にそんな言葉が住みついていた。

困った時、迷った時、その岐路に立った時、私の決断を必ず後押しする言葉、勇気を与えてくれる言葉、私の心の拠り所となっていた言葉。私は、誠という言《こと》の葉《は》をいつも胸に秘め、正義は何処かと模索し、そしてそれを己の唯一の武器として、これまでの人生を生きてきたつもりである。

悪いことばかりでは決してなかった。

妻の夏枝は私と一緒になって約四十二年、今でもこんな私の傍で元気でいてくれている。

子供ができた時の天にも昇るような喜び。妻と二人で悲しみを乗り越え、そして喜びを分かち合ってきた。

採石業を始めてしばらくすると、いつも私の周りを取り囲むたくさんの仲間がいた。そしてみんなで洞窟に入ったことや、花見で戯れたこと。

七人の孫たちは元気に育ってくれている。家を継いだ末娘の美恵子にも四年前に男の子が生まれ、私の姿を見つけては、「爺ちゃん、爺ちゃん」と言いながら、いつも嬉しそうな顔で私に駆け寄ってくる。私の言ったことに、「うん、うん」と頷き、「何をしてくれ、何を取ってくれ」と言うと、その子は懸命になって私の用事を果たそうとする。私はそんな孫が可愛くてしかたがない。目の中に入れても痛くはないのである。

そういえばつい先日、四歳を過ぎたばかりのこの内孫が、私の勤めている精米所に一人でやって来たことがあった。その子は、私の顔を見た途端すぐに泣き出してしまったので、私はその子を懐に抱きかかえ、背中を何度も撫でながら、「お前は勇気があるなー！　お前はほんまに賢い子や！　達也、大きくなったらお母《かあ》ちゃんを助けてやってくれ！」と、褒めあやした。そして、肩車をしてやり、二人で「七《なな》つの子《こ》」を歌いながら家に帰ったのであった。

まだ幼すぎるため、後年この日のことを覚えているはずもないであろうが、この子が私のことをはっきりと記憶できる歳になるまで、私はもう暫くは何が何でも生きていたいと思っている。

見渡せば、私が作ったミカンの木、まるで子供たちのようにすくすくと育ち、それぞれが自慢げに大きな果実を実らせている。

「さあ、これから第二の人生の始まりや」と、身体を横たえた。

大地の香りが安らぎを与えてくれる。

長閑《のど》やかな時の中、ひらひらと淡い桃色の花びらが風に乗って通り過ぎてゆく。

「ヒーヨ、ヒーヨ」と、ヒヨドリの鳴き声が近くで聞こえている。

心地よい。このまま眠りに引き込まれそうである……。

もうひとつの奏

「おーい君、私の話を聞いてくれるかな？　……」

「よーく覚えてるさ。初めての訪問者だったからね」

「あの頃は、上の方でドカンドカンとひっきりなしに大きな音が聞こえ、私も迷惑していたんだが、ま、それぐらいのことはそれまで数々あった。もっと以前に、地響きが聞こえたかと思うと、周りの様子が変わってしまったこともあったし、長い間雨ざらしのこともあった」

「あの背の高い青年、まだ百年も経っていないが、あれから見ないがどうしてる？　風を吹き込んでくれたこと。私を守ってくれたこと。私は今も元気だと、ひと言礼を言いたいのだが……」

「そうか、遠い昔のことになるのか。もっとも、私にとっては、『ほんの瞬きひとつの刻』である。なにせ私は、かれこれ二億五千万年ここにいるのだからね。これからも変わらず此処で暮らしている。気が向いたらいつでも会いにきておくれ。ハッハッハー」

彼方から

「英一、ひと休みせんかー？」

「わしらは気遣いないでー、御大《おんたい》はゆっくりと休んどいてくるかー」

「しかし、お前は本当に力持ちやなー」

「兄やんが非力すぎるんや。この木の株《かぶ》片付けたら、わしらも一息しょうやないか」

「父やーん。今度、夏ミカン植えてみたいんやが、どうかいなあ？」

「何とでも好きにしたらええ。ここはわしら三人の桃源郷や、仲良く思うままにすればええんや」

　私は吉村元兵衛、今日は大きくなった次男も来てくれている。いま私は、二人の息子に寄り添われ「幸せ」である。そして、いつかあの洞窟の煌《きら》めきが万人の瞳に映えることを遠く彼方から願っている……。

完

あとがき

筆者（以下、私という）がこの本を作ったきっかけは、私の母であった。

本文にもあるように、母は数年前から何かに取りつかれたように、広告やカレンダーの裏面に祖父のことや戸津井鍾乳洞の過去を書き続けており、それを私に読んでほしいと言ってきたことが始まりであった。

母によると、戸津井鍾乳洞がある山が、昭和の中頃までは石灰岩の採石場であったということを、地元の住人たちの間でも、もはや誰一人として知る人がいないそうである。ましてや、昭和十年頃から昭和二十年頃までの約十年間、洞窟が開いていたという事実を知っている人、その当時に洞窟に入ったことがあるという人はいないわけであり、それもそのはず、もしそんな人がいたとすれば、今では百歳にもなろう年齢になるからである。

母は、当時の祖父や他の山師たちのこの山での奮闘ぶり、その中でも特に、祖父たちが少しでも多くの鍾乳石を後世に残そうとして、洞窟の入口を塞いだという事実を未来に伝えてゆきたいという願いが強く、それを私が一冊の「本」という形で、母の代弁者となったわけである。

ちなみに、私には現在五人の孫がおり、孫たちが生まれる度に、必ず思ったことがある。「この子が私のことを記憶にできるまで生きていたい」

遠い昔、私が祖父に会うために祖父が働いていた精米所に一人で行った時、祖父は私を褒めてくれたそうである。母を助けてやれと言ったそうである。私の記憶の中には、祖父の胸の中で泣きじゃくったことだけ残っていたが、この作品を描いている途中、私の母から聞かされたわけである。

そして、祖父は私のことについて、こうも言っていたそうである。

「私の言ったことに、うんうんと頷き、何をしてくれ、何を取ってくれと言うと、その子は懸命になって私の用事を果たそうとする。私はそんな孫が可愛くてしかたがない。目の中に入れても痛くない」と。

私が長年背負っていた薬の件。薬を貰いに行くという用事を私が断った時、「祖父はどのように思ったのか？　私のことを悪く思いながら亡くなっていったのか？」と、何度も思ったことがあった。

これといった話もできなかった祖父と私。だが、ただ私の存在そのものが、あなたにとっての安らぎであり、生きる大きな支えになっていたのではないのかと、今孫たちに囲まれ暮らす私の心境と重なり合わせ、「そんな些細なことなど、記憶の欠片《かけら》にも無い。お前がいてくれて、私は本当に幸せだったんだ！」と、自分勝手に祖父の気持ちを言葉にさせてもらう次第である。

随分と月日が経ってしまったが、祖父の生涯とその心情が書籍として蘇った時、「これでお爺ちゃん孝行の一つでもできたかな？　母の助けになれたかな？」と、瞼の祖父に問いかけてみよう。

祖父が、その半生をともに過ごしたこの山。戸津井漁港の先にポツンと浮かぶ十九島と、その先に広がる遥か大海原。当時と変わったことと言えば、漁港に架かった白い橋と沖合をたまに行き交う大きな船舶ぐらいなもの。

以前、祖父はこの風景を何度も眺めたことであろう。

祖父が若かりし頃、凛としてこの地に立つ姿、思い浮かべる今日この頃。

～戸津井鍾乳洞横に立つ別宅にて執筆～

著者プロフィール

吉村 達也（よしむら たつや）

昭和34年９月14日生まれ　64歳。
和歌山県在住　現在９人家族。

白《はく》珀《せき》石の四重奏《カルテット》

2024年６月15日　初版第１刷発行

著　者　吉村 達也
発行者　瓜谷 綱延
発行所　株式会社文芸社
〒160-0022　東京都新宿区新宿１－10－１
電話　03-5369-3060（代表）
03-5369-2299（販売）

印　刷　株式会社文芸社
製本所　株式会社MOTOMURA

ISBN978-4-286-25340-4